우주의 작은 별 하나까지
널 도와줄 거야

일러두기

이 책의 맞춤법과 외래어 표기는 국립국어원의 어문규범을 따랐으나
저자 고유의 글맛을 살리기 위해 일부 표기는 그대로 두었습니다.

우주의 작은 별 하나까지
널 도와줄 거야 🐟

0장

딸깍

: Beginning

우주와의 첫 만남

미쳤어? 지금은 여행 갈 때가 아니야.

비싼 월세도 계속 내야 하고
이러다 밥벌이가 끊길 수도 있고
또 당장 해야 하는 일들은 어떡할 건데.

딸깍.

에라, 모르겠다.

2주 뒤에 뜨는
유럽행 편도 비행기표를 끊었다.

★ ˚ ☆

그리고 이 여름은
평생 잊지 못할

내 인생 가장 찬란한 청춘이 되었다.
삶을 살아갈 방식을 완전히 그리고 영원히 바꾸어놓았다.

마음의 소리를 따라 덜컥

평화롭던 내 일상에
덜컥 어딘가로 멀리 떠나야 한다는
아주 강렬한 마음이 들었다.

집순이인 나에게 이런 마음이
들다니 정말 생소했다.
거의 직감 같은 느낌이었다.

지금 멀리 가면 일이 끊겨서
돈 들어올 곳이 너무 줄어드는데.
하던 일들은 어떻게 해야 하지.
내가 없는 동안에도 월세는 계속 나가는데.

가지 못하는 이유는
세다 보니 넘치고 넘쳤고
어떡해야 할지 모르겠어서
두 달 넘게 고민만 했다.

하지만 결국 결정을 내렸다.

그래, 모든 걸 떨쳐내고
마음의 소리를 따라서 가보자.
이번 한 번만 가보자.

처음으로 밖이 아니라
내 안에서 들려오는 소리를 쫓아가는 용기를 내기로 했다.

"현실적으로,"
"논리적으로,"
"이렇게 해야만 하는데,"

떠오르는 생각을 모두 무시하고
내 마음이 가고 싶다고 하는 곳으로 가보기로 했다.

그랬더니
신기한 일이 일어났다.

바로 며칠 뒤,
오랫동안 연락을 못 하고 지냈던
독일인 친구 에바와 연락이 닿았다.

지금 네덜란드에 있는데
막 큰 집으로 이사를 했다며
갑자기 놀러 오라고 하는 게 아닌가.

통화를 하면서 바로
다음 주에 있는 비행기표를
편도로 끊어버렸다.

머리로는 이해할 수 없는
이 마음의 강렬한 소리를
그냥 대책 없이 따라가 보기로 했다.

이때는 몰랐다.

이 여행이 인생에서
가장 찬란하고 빛나는 여행이 되리란 걸.
그리고 새로운 내가 되어 돌아오게 되리란 걸.

여행에서 돌아온 나는
더 이상 과거의 나로 돌아갈 수 없게 되었다.

왜냐면 깨달아버렸기 때문이다.

선택의 순간마다,
두렵더라도 진짜 내 마음이 부르는 곳으로
아무것도 모르는 세계로 용기 내어 한 걸음 내디딜 때
온 우주가 나를 돕는다는 걸.

정말로 '온 우주'가 나를 돕는다는 걸…!

★｡°☁｡★｡°☾ °｡★

1장

두려워도
한 걸음 뚜벅

: Amsterdam

역시 무모한 일이었어

사실 울었다.

비행기를 타러 가는데 후회가 몰려왔다.

여행의 설렘은 무슨. 마음의 소리는 무슨.

막상 편안한 집을 떠나 언제 돌아올지 모르는 편도 티켓을 들고
아무런 계획도 없이 대책도 없이 다 두고 떠나는 심정은 아주
불안함 그 자체였다.

이코노미석에 구겨져서 무려 열일곱 시간을 날았다.

울어서 눈두덩이가 퉁퉁 부었고 비행기에서 내내 일을 하느라
눈이 충혈되기까지 했다. 같이 지내기로 한 내 친구 에바는 급한
일정이 생겨 다음 날에나 만나기로 했다. 공항에 내리는 동시에

나는 혼자가 될 예정이었다. 시내에서 아주 멀리 떨어진 외딴 곳에 저렴한 호스텔 하나 달랑 잡아놓은 게 전부였다.

마음의 소리를 따르는 건 역시 무모한 일인 걸까?
그 답은 네덜란드 공항에 첫발을 디디자마자 알 수 있었다.

짐을 찾아 나가려는데 예쁜 여성 한 분이 내게 다가왔다. 씨씨코님이 맞으시냐고 묻더니 네덜란드 와플을 손에 쥐여주며 팬이라고 하셨다. 아무한테도 말을 안 하고 와서 유럽에 오자마자 팬분을 만날 거라고는 상상도 못 했다. 팬분의 따뜻한 환영에 불안하던 마음이 싹 사라지고 온 네덜란드가 날 환영하는 것처럼 느껴졌다.

호스텔에 가려고 이 사람 저 사람에게 물어가며 버스정류장을 겨우겨우 찾아 탔다. 그런데 카드를 찍어보니 여기 버스에서는 인식이 안 됐다. 버스표를 사러 캐리어를 끌고 먼 길을 다시 돌아가야 했다. 죄송하다고 말씀드리고 버스가 출발하기 전에 내리려는데 기사 아저씨가 미소 지으며 그냥 타고 가라고 하셨다.
갑자기 행운이 이 여행을 따라다니는 기분이 들었다.

먼 외곽에 이름도 알려지지 않은 이상한 시골 동네 호스텔에서 지낼 생각에 잔뜩 긴장하고 있었다. 그런데 버스에서 내리자마자 심장이 두근, 설렘으로 바뀔 수밖에 없었다. 이렇게 예쁜 마을이 존재할 수 있나? 지금까지의 모든 해외 여행을 통틀어 가장 사랑스러운 마을이었다. 친구에게 급한 일정이 생긴 것도 바로 내가 이 마을에 오기 위해서였는지 모른다는 생각이 들었다. 마음의 소리가 날 여기까지 부른 걸까.

심지어 호스텔까지 반전이었다. 카페처럼 깔끔하고 넓은 데다가 분위기도 너무나 편안하고 안전했다. 체크인을 해준 금발 언니는 연예인처럼 미인이었고 친절하게 내 짐을 방까지 직접 옮겨 주었다. 침대는 호텔처럼 하얗고 크고 엄청 푹신했다. 내 무모하고 충동적인 여행이 눈에 보이지 않는 가이드를 데리고 다니는 듯했다.

자신감이 생겼다.
이 여행이 어메이징할 거라는 자신감.

무서워도 일단 가보고

두려워도 일단 도전해 볼 때만

우리가 누릴 수 있는 선물이 바로 행운과 자신감 아닐까.

I'm a lucky girl. (*ᵕ‿ᵕ) 88*.˙.

오늘 나의 하루 UP 💛 …

99퍼센트의 주인공

새로운 네덜란드 공기.

끝내주게 맛있던 첫 식사.

선선한 바람이 부는 딱 좋은 날씨.

물결이 차르르 흐르는 강가의 풍경.

은은하게 멀어지는 동네 성당 종소리.

유럽 각국에서 온 호스텔 친구들과의 만남.

이런 건 여행 첫날을

완벽하게 만드는 데 겨우 1퍼센트쯤 기여했을 뿐이다.

나머지 99퍼센트는,

네덜란드 동네의 냥냥이들이었다.

마을 전체를 한 바퀴 산책하면서 만난
뽀송뽀송한 고양이들.

애네들은 세계 어딜 가도
국적 불문 귀요미인가 보다.

전 세계 고양이들이 모여서
귀여움 대통합 회의를 한다면
인간들은 바로 모든 다툼을 멈추고
세계 평화를 갖다 바칠 것이다.

뽀짝한 발바닥으로
도장만 쿡 찍어준다면
별이든 달이든 뭐든 가져다줄 것이다.

네덜란드의 예쁜 풍경 따위
줄무늬 냥냥이의 앙증맞은 얼굴 보느라
싹 다 잊어버렸다.

그 무엇도
냥냥이의 귀여운 얼굴은 이길 수 없다.

아, 완벽한 하루였다!!!
≥^-ω-^≤

넌 내 여행을 망치지 않을 거야

호스텔에 도착하자마자 나처럼 여행 중인
또래 유럽인 친구 한 명과 친해졌다.

나는 방금 네덜란드에 도착했지만
얘는 오늘 저녁 네덜란드를 떠날 거라서
우리의 일정은 많이 겹치지 않았다.

그래도 저녁을 먹고 간다고 해서
같이 밥을 먹으며 잠깐 동네에서 놀기로 했다.

건축 디자인을 공부하고 있어서 그런지
길거리에 있는 건물의 모양이나
역사에 관해 아주 잘 알고 있었다.

설명도 재밌고 동네에 사람도 많고 안전해 보여서
경계심을 다 내려놓고 마냥 신나게 같이 돌아다녔다.

그러다 갑자기 다리가 아프다며
한적한 벤치에 잠시 앉았다 가자고 했다.

아무런 의심도 없이 그럼 그러자 하고 앉았는데
그 순간 내 등 쪽으로 손이 쓰윽 올라오더니
이상하게 쓸어내리며 만지려 했다.

소름이 쫙 끼치면서 뭔가 잘못되었다는 걸 느꼈다.
분명 친구로서 악의 없는 손길의 느낌이 아니었다.
그 자리에서 벌떡 일어나 가봐야겠다고 말하고
바로 숙소로 돌아왔다.

기분이 나빴다.

아무 일 없이 지나갔지만
너무 불쾌했고 심지어 스멀스멀 무섭기까지 했다.

모르는 곳에서 처음 보는 사람들과 함부로 얘기하고 쉽게 친해지는 건 위험한 일이었어. 청춘이고 뭐고 혼자 호스텔에서 지내면 안 되는 거였어. 집에 가만히 있지 여행은 왜 괜히 온다고 설친 거야. 별별 부정적인 생각이 다 들면서 아침에 비행기에서 내렸을 때 느꼈던 행운 가득한 기분은 희미해지고 있었다.

방금 일 때문에 첫날만 망친 게 아니라
앞으로 내 여행까지 전부 망가진 기분이었다.

무서운 감정에 점점 위축되고 계속 쪼그라들었다.
점점 작아지다 개미만 한 크기로 푸슉 다 꺼져버린 듯했던 그때.

어디선가 불쑥,
이런 마음이 튀어나와 외쳤다.

아니, 넌 내 여행을 망치지 않을 거야.

왜냐면 내가 그렇게 두지 않을 거니까.
너에게 내 여행을 맘대로 조종할 힘을 줄 생각 없어.

그리고 마음을 먹었다.

그럼에도 불구하고 계속해서
오늘 아침처럼 행운이 가득한 여행을 이어나가겠다고.

내 여행이 어떤 여행이 될지는 내가 결정하는 거라고.
그렇게 자꾸만 날 소심함의 구석탱이로 끌고가려는
무서움에게 명령하고 문 밖으로 내보내 버렸다.

나는 내일도 새로운 친구들이랑 거리낌 없이 얘기를 나누고
그동안 몰랐던 넓은 세상을 거침없이 알아갈 거고,
모르는 곳에 혼자 있지만 여전히 용기 있게 당당히 돌아다니면서
신기하고 재밌는 것들을 보고 경험할 거야.

방금 느낀 내 두려운 감정이
내 여행의 전부가 아니라는 걸 기억할 거야.

우리는 나쁜 경험을 했을 때
거기에 완전히 잡아먹히고
모든 걸 그 감정에 내어줄 때가 많다.

하지만 더 이상 그러지 말자.

누가 나를 어떤 상황에 처하게 했더라도
여전히 내 인생과 내 미래가 어떻게 될지는
그 누구도 아니고 바로 내가 결정하는 거니까.

기분 좋은 시작을 했고,
기분 좋은 끝을 만들기로 했다.

바로 내가.

(ϱ ᵔ ˂)~✧

우리에겐 그런 힘이 있어 ✦

초록초록 거리에 숨겨진 비밀

다음 날 아침, 꿀잠 자고 시차 적응도 뿌시고 일찍 일어났더니 호스텔에 눈 뜬 사람이 나밖에 없었다.

브런치나 먹으러 나가볼까?

가장 맘에 드는 원피스를 입고 밖으로 나갔다. 아침 공기 한 모금을 훅 들이마셨더니 콧속으로 시원함이 훅 느껴졌다. 행복이 공기라면 달콤하기보단 이렇게 상쾌하지 않을까? 풍선이 두둥실 마음속에 날아다니기 시작했다. 저 앞에 덩실덩실하며 주인과 아침 산책을 하는 금빛 털의 멍멍이 뒷모습이 내 마음이랑 똑같았다.

워낙 초록초록한 동네였지만 그중에서도 유난히 나무와 꽃이 많은 곳을 발견했다. 아주 작은 숲 같은 골목이었는데, 안쪽에 숨어 있어 우연히 들어서지 않았다면 그냥 지나쳤을 것이다. 집집마다 큰 나무가 자라고 활짝 핀 꽃으로 가득 채워져 있었다. 제각기 다른 나무와 꽃으로 개성 있게 꾸며졌다는 점이 특이했다.

이 골목에 크레이프를 파는
브런치집 하나가 자리 잡고 있었다.

주문을 하면서 셰프님이랑 이야기를 나누었다. 완전 발랄하신 셰프님은 이 동네의 매력에 빠져 프랑스에서 이민 온 분이었다. 코로나 때 이 레스토랑을 여셨다고 한다.

그러면서 한 가지
동네의 신기한 비밀을 알려주셨다.

알고 보니 이 초록 골목은 원래
나무 한 그루 없었던,
아주 삭막하고 시커먼 골목이었다는 거다.

옛날 사진을 한 장 보여주셨는데
절대 지금의 초록 골목이라곤 상상할 수 없는 모습이었다.

여름이면 유난히 뜨겁고 겨울이면 유난히 추운 침침한 골목이라
사람들도 피해 다니는 곳이었는데, 십 년 전쯤 이 골목 주민들
이 모여서 초록색 거리로 바꾸자고 마음을 모았다고 한다. 셰프
님도 그 사람들 중 한 명이었다. 각자 집 앞에 직접 나무도 심고
꽃도 키우고 주차해 둔 차도 골목 밖으로 옮겼다.

지금은 현지 주민들 사이에서
가장 예쁘고 초록초록한 골목이라고 알려져 있다.

너무 나대지 마라.
적당히 눈치 보고 해라.
사회에서는 튀면 안 된다.

우리가 자주 듣던 말과는 참 다른 골목이다.

집집마다 각자 마음대로 개성대로 꾸몄고
심지어 나무 종류부터 문의 모양, 벽돌과 꽃 색깔까지 모두 다
다른데 그 전부가 모인 이 골목은 무척 아름답다. 처음부터 끝까
지 아름답다.

시청이나 업체에서 맡아서 해줬다면 똑같은 꽃과 똑같은 나무로
공장에서 찍어낸 듯이 흔하디흔한 깔끔하고 진부한 골목이 되었
을 터였다. 하지만 주민들이 손으로 마음으로 직접 꾸몄기 때문
에 각자의 다름이 개성 있게 담겼다. 덕분에 지금의 특별한 골목
이 만들어지지 않았을까.

이 세상은 우리가 모두 비슷하게 행동하고
각자의 개성을 누르고 살아야 잘 돌아간다고 말한다.

그런데 세상은 우리의 생각보다 크고
우리의 상상보다도 더 커서
모든 사람의 특별함과 개성을 다 담을 수 있다.

오히려 우리가 각자의 특별함을
정성스럽게 가꾸고 적극적으로 표현할 때
그런 한 사람 한 사람이 모두 모인 세상이 되었을 때
이 골목이 유난히 더 아름답고 특별하듯이
우리가 사는 이 세상도 훨씬 더 아름답고 특별해진다.

초록초록한 거리를 만들겠다는 그 선한 목표만 같다면
더 나은 세상을 만들겠다는 우리의 선한 목표만 같다면

분명 나의 특별함과 너의 특별함은
더 큰 아름다움을 불러올 거야. ··⁺ఴ♡ꝫ⁺··

너의 아름다움을 기대할게 🌸

한쪽만 말고 같이 윈윈하자구

프라페를 먹고 나자
에바에게 반가운 문자가 왔다.

"거의 다 와가니까
들어가서 짐 싸고 준비해!"

베를린에서 태어난 독일인 친구인데
지금은 네덜란드에서 국제관계를 공부하고 있다.

멀리서 친구의 모습이 보이자마자
소리를 지르며 달려가 부둥켜안았다.
일 년 만에 보는 너무 반가운 얼굴이었다.

내가 악플들로 처음 엉엉 울 때

옆에서 대신 욕하며 위로해 주던 친구였다.

새카만 BMW 전기차에 나를 태우길래

못 본 사이 출세 좀 한 줄 알았더니

유럽에서는 브랜드 셰어 전기차가 아주 흔하단다.

덕분에 나도 유럽에서 지내는 동안

아우디에 벤츠에 테슬라까지

웬만한 브랜드 전기차는 다 타봤다.

아무 때나 주차하고 아무 데서나 타니 너무 편했다.

에바 집 근처에 도착해 주차를 하는데

아주 자연스럽게 셰어카를 공공 전기충전기에 꽂는다.

셰어카를 충전하는 게 자연스러운 모습이고

지구를 아끼는 작은 습관이 몸에 밴 게 부러웠다.

특별한 일이 아니라 그저 일상 같아서 더더욱 부러웠다.

지구를 아끼는 습관이 불편한 일이 아니라
오히려 삶에 편리를 더하고,
특별히 신경 써야 하는 일이 아니라
자연스러운 생활의 일부분이 될 수 있구나.

그 편리함을 직접 경험하고 누려보면서
친환경 라이프스타일에 대한 많은 고정관념도 사라져 갔다.

그동안 내가 지구한테 너무 무심했나?
퍼주기만 하는 지구라서 고마움을 모르고 살았다.

지구와 우리 사람들이 서로 윈윈하는
일상 속 자연스러운 습관이 많이 많이
늘어나면 좋겠다는 작은 소망을 품어봤다.
(❀ˆᴗˆ)(•́ᴗ•̀✿)

알고 보니 우물 안이었다

나는 꽤나 국제적인 사람이라고
믿고 살아왔다.

한국 문화는 당연히 잘 알고
미국에서는 워낙 다양한 인종의 친구들과 섞여 살았다.
외국인 친구가 더 많고 주변엔 이중국적인 애들도 여럿 있었다.
그래서 그런 큰 착각을 했었다.

그런데 네덜란드에서 만난 새로운 친구들과 지내다 보니
그 믿음이 와장창 깨졌다.

나에게 국제적이라는 건
겨우 한국과 미국일 뿐이었구나.

인종도 색깔도 다른 사람이 모여 만들어졌다는
멜팅팟 미국에도 익숙하기 때문에
전 세계를 알고 있는 줄 알았다.

내가 오픈마인드의 정석이자 정답이라고
은근히 믿고 살았다.

그래도 나는 내 몸이 어느 나라에 있든 월드컵이 열리면
신이 나서 무조건 대한민국을 목이 찢어져라 외쳤다.

그런데 여기서는 어느 나라를 응원해야 하나 도통 갈피를 못잡
는 친구들이 대부분이었다. 여러 나라를 거쳐 살아오며 자라서
어디가 내 나라인지 모르겠다고 한다.

태어난 곳, 가장 오래 자란 곳, 외모가 가장 비슷한 곳.
본인이 느끼기에 내 나라 같은 곳, 그렇지 않은 곳,
사람들이 날 같은 나라 사람으로 인정해 주는 곳, 안 해주는 곳,
본인 여권에 적힌 국적, 부모님의 국적까지

정체성이 갈팡질팡하는 나라가 두 개도 아니고
심지어 서너 개가 넘는 친구들도 있었다.

이 친구들의 사고 방식은 좀 달랐다.
여러 나라에서 살며 다양한 문화를 깊게 경험하면서
한 나라의 문화에 갇혀 고정관념을 무조건적으로 받아들이기보단

무엇을 믿을지 한 번 더 스스로 생각해 보고 판단했다.

평생 국적에 대한 정체성 혼란을 겪으며 살아왔지만
그만큼 또 가치관도 더 크고 넓고 풍부하고 새로웠다.

벨기에에서 태어나 보수적인 아랍의 아부다비 학교에서
중고등학생 시절을 보낸 친구가 가진 삶의 방식.

이탈리아 백인인데 어릴 때부터 중국에서 자랐다가
커서 다시 이탈리아에 적응해야 했던 친구가 가진 삶의 방식.

영국과 아일랜드를 포함해 네 개의 국가에서
거의 비슷한 시간을 보내며 자라온 친구가 가진 삶의 방식.

그들의 얘기를 가만히 듣다 보니
세상을 살아가는 방식과 옳은 가치관의 모양도
내가 예측할 수 있는 울타리를 훌쩍 뛰어넘어 한참 많았다.
이 말도 맞는 말 같았고 저 말도 일리가 있었다.

세상을 사는 방식은 내가 모르는 것만 수십만 가지
아니, 수천억 가지가 넘게 있겠구나.

이야기를 듣기 전까지는 이 새로운 친구들을
내가 익숙한 카테고리 안에 다 넣어놓고 바라보고 있었다.
선입견부터 무식함까지 총동원된 카테고리였다.
내 방식이 정답으로 세팅된 카테고리이기도 했다.

난 얼마나 작은 우물 안 개구리였나.
그 우물이 너무나도 작아 부끄러웠다.

국제적인 사람이 되기에는
아직도 먼 것 같다.

밤새 손가락 빨리 가져가기 순발력 게임하는 우리 🐾

영어만 잘하면 뭐 하나. 내 세상이 이리 좁은데.

오픈마인드를 가진 진짜 글로벌 인재는

여러 언어를 유창하게 할 줄 아는 사람이 아니라

정답의 범위가 넓게 펼쳐져 있는 사람이었다.

새로운 친구들 덕분에

내가 우물 안에 갇혀 있었다는 걸 드디어 깨달았다.

우물 밖 세상이 진짜로 궁금해졌다.

내가 예상한 모습이랑 많이 다르더라도 괜찮을 것 같다.

이젠 저 넓은 세상을 편견 없이

펄쩍펄쩍 뛰어다니는 큰 개구리가 되고 싶다.

와, 근데 이 내용 자소서에 쓰면 바로 붙겠는데? ͡° ͜ʖ ͡°

바빠서 행복할 시간이 없었어

버스 정류장으로
다 같이 걸어오는 길.

한 친구가 갑자기 파란색 포장지로 싼
무언가를 가방에서 꺼내더니
버스에서 나랑 같이 앉아서 왔던
귀여운 갈색 뽀글머리 레토에게 건넨다.

바로 멈춰 서서 포장지를 뜯었다.
그 안에 들어 있는 건
스타워즈 캐릭터 피규어였다.

안에 든 걸 보자마자 레토는
너무 신났는지 너무 웃겼는지
박장대소를 하며 거의 주저앉았다.

알고 보니 며칠 전에
레토의 생일이었는데
스타워즈 광팬이라 친구들이
돈을 모아 생일 선물을 준비한 것이었다.

그 캐릭터를 구하기 위해서
꽤나 열심히 발품을 팔았다고 한다.
선물을 받은 주인공 레토는
어떻게 이걸 구했냐며 너무 좋아한다.

방방 뛰는 그 모습을 보며
선물을 준 친구들이 더 신나한다.
반응이 궁금해 빨리 주고 싶어서
이날이 오기를 기다리느라 엄청 힘들었다며.

여기저기 웃음소리에 말소리에
아주 정신이 없을 정도로 소란스럽다.

행복한 소란스러움이다.

얼마나 행복해 보이는지 나도 저기에 껴서
선물을 줄 수 있으면 좋겠다는 생각까지 들었다.

카톡이나 페이스북 위에
누구의 생일이라는 안내 문구가 뜨면
너무 귀찮은데 그래도 보내야지 하면서
기프티콘으로 축하를 후딱 처리해 버리는
무수한 생일들에 익숙했는데

정말로 친구를 위해
선물을 고심해서 고르고
진심으로 좋아하고 축하해서 주는
생일 선물이 존재하는 현장에 있으니

이 당황스러운 순수함은 뭘까 하면서도
바라보고만 있어도 행복한 내 마음을 깨닫는 순간
그동안 내가 큰 행복 하나를 놓치고 있었구나 싶다.

귀찮기만 했던 생일 챙기기가
재밌는 일일 수 있구나.

인생 끝에 서보면 제일 많이 웃은 자가 승자라고 하던데
생일 선물로 저렇게 무아지경으로 많이 웃을 수 있다면
그 기회를 놓친 채 살아가는 건 정말 아깝지 않을까.

인간사 시스템이 아무래도
서로를 위하는 마음이 조금이라도 끼면
더 행복해지고 더 웃음이 많아지게 세팅되어 있나 보다.

사느라 바빠서
생일 챙기기도 일이었는데

사느라 바빠서

행복하기도 일이 되었는지도 모르겠다.

행복하려고 사는 건데

사느라 너무 바빠서

행복할 수 있는 작은 순간을

싫어하게 된 아이러니 속에 살고 있다.

이 아이러니를 고쳐봐야겠다.

행복할 수 있는 기회

놓칠 수 없지.

흐음. 올해 누구 생일부터 한번 챙겨볼까?

```
          **
        _|_
     _|__|__
    |_____| ~♡
    ८३ ·ᴗ·×ᴗ³ᴜ
    __|ᴗ_ᴗ|__
```

상금을 들춰보고 너무 좋아하는 래드*

버블티 사장님이 뿜어낸 빛

공차보다 더 사랑하게 될
버블티 가게를 바다 건너
네덜란드에서 만날 줄은 몰랐다.

에바랑 입이 심심해서 들른
동네 작은 로컬 버블티 가게였는데

한 모금 마시자마자 한국으로
지금 당장 데리고 가고 싶었다.
평생 먹고 싶은 인생 버블티다.

마침 사장님이 우리가 앉아 있는
옆 테이블을 닦으러 가까이 오셨다.

이건 꼭 말해드려야 한다. 사장님을 불렀다.

"Excuse me! This boba is literally the best I've ever had."
(사장님! 이거 완전 진짜 역대급 최고 맛있는 버블티예요!!)

순간 사장님의 얼굴에
환한 빛이 생기는 것이 보였다.
꼭 진짜 빛을 본 것 같았다.
미소는 너무나도 환했다.

보였다.

저 빛은,
저 미소는,

정말 최선을 다하고 있는 영혼이
노력을 보상받았다고 느낄 때
그때만 나올 수 있는 행복의 빛이라는 걸.

진심이 가득한
감사함과 순수함이 보였다.

이런 빛을 뿜어내는 얼굴을
언제 마지막으로 봤는지 기억도 안 난다.
사장님 덕분에 그 빛이 내 마음에까지 닿아 밝아졌다.

정말 그렇게 맛있냐며
너무너무 고맙다고 말하시는데

내가 더 감사했다.

일단 최고로 맛있는 버블티를
돈이라도 내고 먹을 수 있음에
백 번 천 번 감사했고

무엇보다도
그 빛나는 얼굴이
내 마음에 용기와 위로를 주었기에 더 감사했다.

저 빛을 담은 얼굴은,
그 자신에게도 행복을 가져다주겠지만
보는 이에게도 용기를 준다.

나도 사장님처럼 애정하는 일에
최선을 다해보고 싶어졌다.

영혼이 살아 있었던 반짝임이
참 예뻐 보여서 가져보고 싶어졌다.

네 마음이 진심으로 원하는 꿈에
최선을 다해 봐.

저렇게 화사하게 핀 꽃처럼
아름답고 행복한 빛이
너의 얼굴에도 담길 거야.

그렇게 속삭이는 소리를 들은 것 같았다.

반짝이는 저 빛이 탐나서라도
난 이제 내가 진짜 하고 싶은 일에
한번 최선을 다해보기로 했다.

아, 근데
난 뭘 하고 싶지?

그걸 먼저 찾아봐야겠다. (0_0)

버블티 가게에 있던 귀여운 솜인형들 •ㅍ°

또 알아서 세워진 다음 날 계획

막차를 타고 집으로 돌아왔더니
거의 밤 열두 시가 되었다.

친구들이 날 데려다준다고 해서
다 함께 에바 집까지 왔는데
집에 모인 김에 소파에 둘러앉아
시시콜콜 얘기를 나누며 늦게까지 놀고 있었다.

그러다 새벽 두 시쯤 한 친구가 물어봤다.
"Wanna go to Amsterdam with us tomorrow?"
(내일 우리 암스테르담 놀러 갈래?)

네덜란드 남친과 사귀고 있는 친구 루치아였는데
멀리서 왔는데 암스테르담 시내는 갔다 와야지 않겠냐며
현지인인 남친과 같이 구경시켜 줄 테니 하루 다녀오자고 했다.

암스테르담은 몇 년 전에 한 번 가봤는데
그땐 구름이 많이 껴 있어서 차분한 도시 같았다.

친구들과 햇살 좋은 날 가는 암스테르담은 어떨지 궁금했다.
장소는 언제나 사람에 따라 달라지는 법이니까.

응! 너무 좋지! 내일 몇 시?

다음 날 이른 아침,
이 귀여운 커플 사이에 끼어서
기차를 타고 암스테르담으로 향했다. ＼(o^ ^o)／

📷

⋆.°☆ ONE DAY IN AMSTERDAM ☆°.⋆

암스테르담행 기차에 탑승 ✧ ⁺₊ *

Museumplein 0,2
Stedelijk Museum 🏛 0,3
Van Gogh Museum 🏛 0,3

...arie Heinekenple..
Albert Cuypmarkt
Weteringcircuit

Vijzelgracht Ⓜ
Albert Cuyp 🅿

i-tourist ⓘ 0,2

Rijksmuseum 🏛 0,2
Leidseplein 0,7
Centraal Station 🚉 2,9

여기선 배를 타고 구역을 이동하기도 한다 ★

네덜란드 이푸아네 할아버지가 옛날부터 다니신 피 감튀 맛집. 능음

루치아네 엄마 생신 선물로 꽃집에서 튤립 씨를 샀다 우

숨겨져 있던
해리 포터 같은 책방 거리

☀ 여행의 또 다른 재미가 되어준 암스테르담 친구들

수고했다 한마디면 돼

암스테르담은 아름다웠다.
높지 않은 아기자기한
건물들이 강가를 따라 서 있었다.

나무도 많이 보이고
자전거를 타는 사람들이
자동차보다 더 많았다.

아름다우면서도 매우 자연 친화적인
도시의 모습에 계속 감탄했다.

네덜란드인 친구 이푸에게
이곳의 자연 친화적인 삶의 방식은

우리가 모두 본받아야 할 점이라며
멋있다고 엄지를 치켜올려 주었다.

내 존경의 눈빛을 본 이푸는
살짝 웃더니 이내 말했다.

"네덜란드는 토지의 상당 부분이
해수면보다 낮게 위치해 있어서
기후변화나 자연 파괴로
물이 흘러넘치면 잠기는 신세야.

오래 살기 위해서는
자연 친화적인 도시 환경에
목숨 걸 수밖에 없는 입장이지."

이런 반전이.

자연을 아끼고 사랑하는 훌륭한 마인드 하나로
이렇게 아름다운 도시를 만들어냈다고 믿고 있었는데.

이야기를 듣고 길거리를 다시 살펴보니
무섭게 기울어진 건물이 꽤 많았다.

안정적이지 못한 땅 때문에 계속 건물이 밑으로 꺼져서
한 번씩 큰 기계로 끌어 올리는 작업을 해야 한다고 한다.
그래서 아무리 자기 건물이라도 함부로
건물을 새로 짓거나 수리도 할 수 없다.

아무리 뽀대 나고
아무리 멋져 보여도
그 뒤에는 어떤 사정이
숨어 있는지 모를 때가 참 많다.

언제나 각자의 사정이 있기에
겉모습이 멋지든 초라하든
우리는 섣불리 판단하면 안 된다.

상대방이 나에게 그 사정을
굳이 설명하거나 해명할 이유도 없다.

가진 조건이 불리해서 친환경을 선택한
네덜란드의 속사정을 알고 보니
그럴 줄 알았다며 쯧쯧 혀를 찰 수도 있지만

결국은 불리한 조건으로 인해
너무나 예쁜 친환경 도시를 만들어냈으니
멋지다는 말 외에 그 어떤 얘기를 할까.

모두에게는 사정이 있고
나는 언제나 무지할 수밖에 없기에
그 무엇도 판단할 필요가 없고
괜히 훈수 둘 필요도 없고

멋지다, 수고했다,
한마디하면 된다.

아니면 그냥 조용히 지나가든가. (━－━)ㄱ

오른쪽으로 아슬하게 기울어져 있는 집, -

남의 생각에 대한 생각에 대한 생각

다 보인다.

거대한 창문에 커튼 하나 치지 않아서
책상에 놓인 공책에 써진 필기까지 적나라하게 보인다.

심지어 방문까지 열어놓아서 문짝 넘어 집 안 거실과 마당도 훤
히 볼 수 있다. 어떤 방들은 정말 내 방이랑 똑같이 지저분해서
동질감에 웃기도 했다.

여기는 사생활 침해 같은 건 신경 안 쓰나?

어쩌다가 하나씩 커튼을 친 집도 있긴 했지만
거의 대부분은 활짝 열려 있었다.

보려고 한 게 아닌데 눈만 휙 돌려도
어쩔 수 없이 다 볼 수밖에 없을 정도로 말이다.

나한테는 있을 수 없는 일이다.

남들에게 드러내기가 꺼려지는 사람은 손을 들라고 한다면
아마 내 손이 제일 먼저 올라가지 않을까 싶다.

남 이야기를 너무나도 쉽게 하는 사람을 많이 봤다.
순간 재미를 위해 맘대로 바꿔 말하기도 했다.
그런 입에 오르내리기 싫어서 나에 대한 어떤 이야기도 애초에
밖으로 나가지 않게 거리를 두고 입을 다무는 습관이 들었다.

어디 가서 새로운 사람들을 만나더라도
실명도 나이도 사는 곳도 하는 일도 아무것도 말하지 않는다.
친한 친구들에게조차 내 사적인 일은 거의 말하지 않는 편이다.

조용히 나의 삶을 살려고 했다.
사생활 침해당하는 것이 제일 싫었고 캐묻는 사람을 제일 싫어했다.

그러니 누군지도 모르는 행인이
내 방을 쉽게 들여다본다는 건 상상할 수 없는 일이다.

이푸에게 왜 여기는 다들 이렇게
훤히 보이게 해놓고 생활하는지 물어보니
그냥 이게 평범한 거라고 한다.

조금씩 바뀌고 있긴 하지만 네덜란드에서는
너무 꽁꽁 닫고 있으면 오히려 미심쩍게 여긴다고 한다.
감출 게 없다면 가릴 이유가 없으니 남이 좀 보면 어떠냐며.

듣고 보니 그렇다.

사람들이 내 방 좀 보면 어떤가.
불법으로 밀수한 물건이 있는 것도 아니고
술병 하나조차 없는 재미없는 방인데.

창문 너머로 노트에 끄적인 내 일기를 남이 좀 본다고
세상의 위아래가 홀딱 뒤집어지는 것도 아니고
바닥에 던져놓은 양말을 남이 보고 더럽단 소문 좀 돌아도
어쨌든 내 발은 매일 잘 닦아서 깨끗하기만 한데 말이다.

딱히 감출 만한 게 없다.
꽁꽁 싸맬 이유도 없다.

근데 남들이 나에 대해 보고 듣는 걸
뭘 그렇게까지 경계하고 감추려고 했을까.

조용한 사생활이 내게 너무 중요했던 이유는
어쩌면 남들이 어떻게 생각하는지
제일 많이 신경 쓰고 있었기 때문일지도 모르겠다.

그게 아니라면 사실 다른 사람이 나에 대해
뭐라고 생각하고 뭐라고 말하든 무슨 상관인가.

그게 좋은 거든 나쁜 거든
진실이든 아니든.

거짓 소문으로 세상 모든 사람이
날 손가락질한다고 해도

내가 스스로 떳떳하고 당당하기에
그들을 신경 쓰지 않는다면

그 소문이 아무리 추악하더라도
내 인생에 스쳐 가는 바람 한 점만큼의 영향도 없다.

속닥거리는 사람들이 백 명 천 명이 되더라도
나에겐 없는 사람이나 다름없어 마음이 평안하기만 하다.

결국 다른 사람이 어떻게 생각할까 하고
내 머릿속에서 그 사람의 생각에 대해 생각하는
내 생각이 나를 괴롭히는 거지

다른 사람이 어떤 말을 하든
내 머릿속에서 생각을 안 해버리면
날 괴롭히는 건 하나도 없다.

지금까지 나를 피곤하게 한 건
나 자신이었다.

이젠 네덜란드 집들처럼
어쩔 거야, 남들이 보든 말든 살아볼란다.

그게 내가 가장 편하게 사는 방법이니까.
남이 아니라 나한테 집중하며 사는 삶이니까.

그래도 입은 계속 다물고 살 꼬야.
"ᕦ(" • ᴖ • ")ᕤ

심심하고 흐리멍덩한 주황

환타 색깔이 이렇게
여리여리 흐리멍덩한 건 처음 봤다.

이거 환타 맞아?

편의점에 들러 음료를 하나씩 샀는데
레토의 손에 들린 탄산음료 환타가 익숙한 듯 매우 낯설다.

분명 로고부터 용기 모양까지 모두 똑같은데
음료 색이 환타 하면 제일 먼저 떠오르는 쨍한 주황색이 아니다.
혹시 다른 맛을 샀나 해서 확인해 봤는데 같은 맛이다.

물을 왕창 부어서 색이 연해져 버린
아주아주 연하고 희미한 주황색이었다.
맛이 다른가 했더니 맛은 아주 똑같다.

도대체 이 환타는 색깔이 왜 이러냐고 물으니
유럽 식품 규제는 엄격한 편이라 아마도 식용색소를
다른 나라처럼 많이 넣지 못했을 거라고 했다.

그러고 보니 과자 봉지나 샐러드 용기에도
영양점수가 A, B, C, D, E로 크게 표시되어 있었다.
최악은 빨간색으로 눈에 띄게 해놓은 걸 자주 봤다.

엊그제 감자칩을 사 먹으려고 했다가
그 빨간색이 너무 강렬해서 그냥 내려놓았다.
아침마다 샐러드도 자주 사 먹었는데 초록색에다 A점수가
매겨져 있어서 괜히 혼자 뿌듯해했던 기억이 났다.

흐리멍덩한 환타 색깔이 맘에 들었다.

'소비' 중심이 아니라
'소비자' 중심인 색깔이었다.

편의점에도 이 흐리흐리한 색깔의 음료가 진열되면
자라나는 새싹 아이들에게 얼마나 좋을까.
갑자기 할미에 빙의되어 있지도 않은
손녀들과 손자들 건강 생각을 해봤다.

우리가 소비자 중심인 색깔의 음료를 더 많이 고른다면
어쩔 수 없이 연한 색의 음료를 더 많이 진열할 수밖에 없겠지?
분명 우리 돈이 가는 대로 따라올 테니까.

이 엄청난 파워를 제대로 휘둘러 봐야겠다.
다음 세대를 위해서 그리고 나를 위해서.

아 근데
그 돈은 어디서 벌지?
(,,ᵟ‸ᵟ,,)

자주 사먹은 토마토 모짜렐라 샐러드♪

미래의 상처보다 소중한 거

헤이그에서 만난 친구들 중에
내게 말을 가장 적게 걸었고
흔한 포옹 한 번 하지 않았던
니콜이란 영국인 친구가 있다.

내가 헤이그를 떠나기 하루 전,
니콜이 집으로 찾아왔다.

시험 기간이라 여기서 잠깐
공부를 하러 왔다며
거실 창가 쪽 책상에서
책 한 권을 펼쳐놓고 있다.

방해되지 않게
조용히 있으려고 했는데

갑자기 나를 부르더니
무언가를 내 손에 무심하게
툭 쥐여주고 책상으로 돌아간다.

네덜란드 쿠키 한 봉지였다.

자기가 네덜란드에서
가장 좋아하는 쫀득쿠키인데
네덜란드에서밖에 안 판다며
내가 떠나기 전에 하나 주고 싶었다고

저 멀리 앉아 의자를 빙빙 돌리며
무심하게 건네줬던 것처럼
무심하게 말했다.

그 말에는 흔한 작별 인사
한마디 들어 있지 않았다.

그치만,
무심한 편의점 과자 한 봉지에서

만나게 되어서 좋았다
또 만나면 좋겠다

그런 따뜻한 인사가 들려왔다.

사실 여기서 만난 친구들과
진짜 친구가 될 생각은 전혀 없었다.
어차피 잠깐 놀다 헤어질 텐데.

하루하루 더 어른이 되어가며
스쳐가는 인연에 일말의 시간 낭비도
감정 낭비도 이젠 하지 않겠다는

무의식 속 다짐이 있었던 모양이다.
애초에 정도 안 주고 기대도 안 하는.

그런데 여기 친구들은 모두
곧 떠날 나를 마치 오랜 친구처럼
계속 계속 볼 친구처럼 대해주었다.

어느새 그 짧은 일주일 동안
나도 정이 들어버렸다.
떠나지 않을 사람처럼 정이 들었다.

나는 혹시 정이 들면
헤어질 때 슬프고 아프기 때문에
그걸 겪기 싫어서

혹시 변해버리거나 떠나버리면
나중에 상처 받을까 겁나고 두려워서

이 소중한 마음을
감정 낭비로 시간 낭비로
치부해 버렸던 건 아닐까.

짧은 시간이라도
마음을 나눈다면
서로 조금 웃게 해준다면

나중에 슬프더라도
혹 나중에 변해버려서 상처 받더라도
낭비라고 부를 순 없지 않을까.

그 시절의 나는 덕분에 행복했고
그 시절의 행복한 우리는 평생 기억에 남을 테니.

서로의 추억에
한 번쯤 돌아보며 웃을 수 있는
귀여운 발자국을 남길 수 있다면

끝이 어떻게 되든
그럼에도 불구하고
한 번 더 느껴봐야지.
마음을 나눠야지.

그럴 만한 가치가 충분하고도 넘치니까.

진짜 어른이 되어가며
우리가 지금 나누는 마음의 가치는
그 어떤 상처의 가능성보다
훨씬 크다는 걸 배워간다. ✧ ˚ ｡✦｡ ♡ ˚

베를린행 기차에 탑승

허겁지겁 막 뛰었다.
조금이라도 지체하면 바로 기차를 놓친다.

끌고 가는 캐리어 바퀴가 울퉁불퉁한 돌에 부딪혀
덜그덕거리는 소리가 엄청 크게 울렸다.

정든 동네와 작별 인사를 할 시간도 없이
역에 도착하자마자 곧장 기차에 올랐다.

우릴 도와주려고 같이 캐리어를 끌고 뛰어준 레토가 그 와
중에 편의점까지 또 뛰어가서 사 온 물 두 병을 손에 쥐여
준다. 한 명도 빠짐없이 마지막까지 따뜻한 친구들이다.

이곳은 동네 자체는 살짝 심심했지만
친구들과 함께라서 얼마 전 혼자 지낸
예쁜 마을보다 더 좋았던 곳으로 남았다.

역시 어디인지보다는
누구와 함께하는지가 더 중요한가 보다.

이제 에바의 고향이자 엄마 아빠가 살고 계신
베를린으로 가서 지낼 예정이다.

언제까지? 모른다.
정해진 건 아무것도 없다.

뭐 어떻게든 되겠지.

에바가 태어나고 자란 도시라고 하니
어떤 곳인지 빨리 베를린을 보고 싶을 뿐이다.

일곱 시간 넘게 기차를 타야 한다니
한숨 자야겠다.

(ㅇㅜ-。)ᶻ z z

갈아타는 역에서 짐이 많던 어린 친구들 엘리베이터를 잡아주다가
우리가 기차를 놓쳤다. 밤 열두 시에 베를린 도착 🖐✦

2장

삐쭉빼쭉 둥글댕글
내 맘대로

: Berlin

나 말고 너가 적응해

베를린에서 눈뜬 첫 아침
친구와 내가 제일 먼저 달려간 곳은
이곳의 가장 역사적인 유적지

가 아니라 쇼핑 스트리트였다.

불과 작년만 해도 절대 입지 않았을
옷을 잔뜩 집어 들었다.

절대 안 바뀔 줄 알았는데
지금의 우리는 옷 취향도 변했고
가치관이나 성격도 조금씩 달라졌다.

예전의 내가 아닌 달라진 나를 보고
불편해하는 사람들도 있었고
전으로 돌아오면 좋겠다는 사람들도 있었다.

나조차도 이건 진짜 내가 아니라며
억지로 예전 모습에 지금의 나를
끼워 맞추려고 노력하기도 했다.
하지만 쉽지 않았고 힘들었다.

그 노력은 누구를 위한 노력이었나.
진짜 나는 도대체 어떤 모습인 건가.

자라나는 어린 나무를 보니
그 답을 찾을 수 있었다.

씨앗의 모습에서 작은 새싹이 되고
어린 나무의 모습에서 굵게 다 자란 나무가 되고
나뭇잎이 무성한 모습에서 가지만 남은 겨울나무가 된다.

나무의 모습이 변하는 건
당연하고도 자연스럽다.
하지만 그 나무가 다른 나무가 되지는 않는다.

내가 다른 모습으로 변하는 것도
당연하고 자연스러운 일이다.
변한다고 원래 내가 사라지지는 않는다.

변하는 내 모습을 모두 겪고 있는
내 안의 변치 않는 영혼이 바로 진짜 나였다.

예전의 모습도 지금의 모습도
또 앞으로 변할 미래의 모습도
내 영혼이 겪는 한 모습일 뿐이다.

예전의 내 모습만이 진짜 내가 아니라는 걸 알았으니
더 이상 그 모습에 날 구겨 넣으려 애쓰지 않기로 했다.

다른 사람들이 아무리 아쉬워하고 불편해도
그들을 위해 나를 다시 예전 모습에 가두지 않기로 했다.

심지어 예전의 모습이 좋았다는 사람들 대부분은
내가 아니라 그들에게 이득이 되고 편했기에
자꾸만 그 모습으로 돌아오길 바란다는 걸 알게 되었다.

나는 남이 아니라
나에게 가장 좋은 모습으로 살아가야 한다.
나에게 가장 맞는 모습으로 변해가야 한다.

남들이 뭐라고 하든
달라진 나를 더 좋아해도 괜찮다.
예전의 나에게 미련을 두지 않아도 괜찮다.

변해가는 나의 모습이 좋다.
변해가는 나를 두려워하지 말자.

친구의 새로운 옷 스타일도

꽤나 달라진 내 성격도

그들이 알아서 적응해야 할 거다.

점점 더 멋져지고

점점 더 당당해지는 우리의 모습에. ★°｡★ヽ 🎧 ★

당당하고 멋진 내가 되기 ♡

대충 살아버리니 멋져졌다

낙서가 하나만 있다면
옥에 티처럼
지저분했을 것 같다.

그런데 길거리 전체가
벽이고 문이고 우체통이고
온통 낙서로 도배되어 있으니까
뭔가 힙하고 멋있어 보였다.

이 묘한 길거리가
이십 대 학생들에게
인기 있는 핫플이라고 한다.

독일의 요즘 세대에게

베를린은 트렌디한 도시인데

이처럼 낙서로 도배된 길거리가

트렌디한 도시로 받아들여지는 이유 중 하나다.

나도 골목골목을 지나다니며 구경해 보니

확실히 힙한 매력이 있었다.

뭔가 너저분하면서도 끌리는 느낌이랄까.

깔끔한 양복을 차려입은 남자랑은 완전 다른 매력이 있는

피어싱 다섯 개에 크고 벙벙한 옷을 진짜

센스 있게 걸친 힙한 오빠 같았다.

성의 없이 고백해도 받아주게 되는 그런 오빠 말이다.

근데 낙서 하나하나를 가까이서 보니까

솔직히 거의 다 대충 휘갈긴 것 같다.

아티스트 입장에서는 다를지도 모르지만
뭘 모르는 일반인인 내가 보기엔 막 그린 것처럼 보였다.
그중 아주아주 소수만 정성스럽게 그린 티가 났다.

누가 언제 한지도 모르는
제멋대로 휘갈긴 낙서들이
요즘 세대가 선망하는 베를린의
트렌디한 이미지를 만들어냈다니.

그렇다면 내 인생도,
가는 길목마다 맘대로 하고 싶은 대로
여기저기 이것저것 대충대충 휘갈기고
생각의 흐름대로 슬렁슬렁 살아도

뭐 그중에 가끔 몇 개만
정성 들여 신경 쓰고 살아도

어느 날 뒤돌아보았을 때
꽤 멋진 길이 되어 있을 수도 있겠다.

낙서 하나 그릴 때는 몰랐어도
수만 개를 전부 모아놓은 베를린의 거리는 힙해졌으니까

내 인생 역시 대충 사는 오늘은 몰라도
죽기 전에 모든 날을 다 모아놓고 한꺼번에 돌아보면
지구에서 제일 힙하고 매력적일 수도 있겠다.

심지어 모두가 부러워하는 삶으로 기억될지도.

좋았어.
난 이제 대충 산다.

베를린 거리의 낙서들처럼. ✒♡✦

이 카드는 세상을 어떻게 바꿀까

작은 가방을 하나도 안 챙겨 와서
에바를 따라 들어간 발레숍에서
세일하는 쪼그만 백팩을 샀다.

패치까지 붙이면 예쁘겠어서
근처 선물 가게에 들렀는데
눈에 딱 들어왔다.

패치가 아닌
문 옆에 놓인 카드였다.

파스텔톤 무지개가 떠 있고
커밍아웃을 축하한다는 문구가

귀여운 글씨체로 쓰여 있는
축하 카드를 팔고 있었다.

카드의 종류도
하나가 아니고 여러 가지다.

누군가는 이 카드를 사서
소중한 사람에게 건네겠지?

오랫동안 고민하다가 입을 뗀 아들이
아빠로부터 이 카드를 받는다면

두려웠지만 용기 낸 딸이
엄마로부터 이 카드를 받는다면

한동안 맘 졸이며 고생하던 친구가
베프로부터 이 카드를 받는다면

그럼 세상이 더 나빠질까?

정말 그럴까?

사랑이 세상을

나쁘게 하는 게 가능할까.

미움이 세상을

아름답게 하는 게 가능할까.

ㄖ(੭* ´ ˘ `)੭* ੈ♡‧₊˚

그다지 멀지 않은 사이

베를린에도 청춘들이 모이는 장소가 있다.
베를린 장벽을 따라 흐르는 슈프레강이다.

해의 끝자락이 아직 걸쳐 있는 하늘은 약간 주황빛이기도 하고
조금 푸르스름하기도 했다. 다들 강가를 따라 바닥에 앉아 있었
다. 쇠로 된 방지턱을 등받이 삼아 기댄 채 각자 손에 맥주 한
병씩 들고 친구들과 함께 떠들고 있다.

우리도 그 사이에 자리를 잡고 앉았다. 물론, 에바가 추천해 준
독일 맥주도 하나 손에 들고. 아 역시나 맥주 맛은 소문대로 끝
내줬다. 한국에서 먹던 맛이랑은 달랐다. 독일 친구들 사이에 껴
서 독일 맥주까지 들이켜니 여행 온 기분이 제대로 들었다.

근데 뭐랄까,

몇 분 지나고 나니 갸우뚱했다.

여기가… 여의도 한강공원인가?

노을빛을 받으며 철렁이는 물결을 가만히 바라보고 있자니

이 물결이 한강처럼 보이기 시작했다.

강가 위로 불어오는 부드러운 봄바람이나

듬성듬성 노래를 부르는 사람들이나

찰랑찰랑 물명 때리게 하는 물결의 움직임이나

다리 너머 나무 뒤로 보이는 불 켜진 빌딩들이나

두 손 꼭 부여잡고 사랑에 빠진 티를 내는 커플들이나

뭐라는지 들리진 않지만 앞뒤로 웅얼웅얼 웃고 떠드는 소리나

다 똑같았다.

그저 여기는 다들 바닥에

철퍼덕 앉아 있다는 정도만 달랐다.

슈프레강이나 한강이나
친구들이랑 강가에 앉아서
시원한 바람을 맞으며 맥주를 들고 노는 모습은

너무나 다를 것 같았던 우리를 그냥 같은 청춘으로 묶어주었다.

거의 하루를 비행기 타고 날아와야 하는 곳이지만
참 비슷하게 살고 있구나.

148

뒤에는 베를린 장벽이 있고 앞에는 슈프레강이 흘러도
결국 비슷한 걸 즐기며 살고 있구나.

역시 다르다고 외쳤던 맥주 맛조차,
어쩌면 카스랑 비슷했을지도 모르겠다.

멀다고 느껴지는 우리의 다름이
사실은 그다지 멀지 않을지도.
우린 생각보다 비슷할지도.

우리는 모두 사람이고,

우리는 모두 닮았으니까.

얼굴색도 나라도 언어도 다 다르지만

우리의 영혼은 모두 같은 걸 좋아하고 있구나.

응, 강바람은 시원하고

친구랑 마시는 맥주는 맛있지.

역시 우리 인간들은 뭘 좀 안단 말이지. ʕ￫ ˙ᵕ˙)✧

너와 나는 멀지 않아

폭우 속의 우아한 공주님

뜬금없이
물벼락을 맞았다.

분명 비 온다는 얘기는 없었는데
한가로이 슈프레강 가에 앉아 선선하고
뽀송뽀송한 바람을 즐기던 우리 모두에게
장대 같은 비가 쏟아졌다.

빗줄기가 어찌나 굵던지 한 방울 두 방울
빗방울이 옷 위에 떨어질 때마다
두툼한 천을 뚫고 타격감이 느껴질 정도였다.

강가에 앉아 있던 사람들이
다 일어나 출구 쪽으로 향했다.

집까지 지하철을 타고 가야 하는데.
큰일 났다. 에바를 다급하게 쳐다봤다.
우리도 바로 일어나 공원 출구로 향했다.

눈이 잘 안 떠질 정도의 빗속에서
가방을 머리 위에 쓴 채 옷깃을 움켜잡고
종종거리며 빨리 가려고 애를 쓰는데
뒤에서 에바의 웃음소리가 들린다.

에바는 머리 한쪽도 손으로 가리지 않고
느릿느릿 걸어오고 있다.

너 그러다 감기 걸려. 빨리빨리 와!
열심히 외치고 또 허둥지둥 앞만 보고 가는데

음?

어째 나만 급한 거 같다.

잠시 멈춰 주변을 둘러보니 아무도 뛰지 않는다.

오로지 내 발걸음만 허둥지둥 뛰느라 급하다.

지금 맞는 게 비가 아니라

따뜻한 봄 햇살이라는 듯

다들 사뿐사뿐 천천히 걷고 있다.

우산도 없으면서

걸음들이 참 느리다.

베를린 애들은 비가 오는데

일 미터조차 뛸 생각을 안 하는지.

저러다 쫄딱 젖으면 엄청 찝찝할 텐데.

그들을 보며 의아했다.

신기한 애들이네 생각하고는
다시 총총거리며 뛰어가려는데
물먹어 쩝쩝거리는 내 운동화가 갑자기 눈에 들어왔다.

이미 다 젖어 축 늘어진
내 후드티도,

머리에서 뚝뚝 떨어지는
물방울도.

그렇게 바쁘게 뛰었는데
열심히 가방을 뒤집어 썼는데

머리부터 발끝까지
물에 쫄딱 젖은 내 모습은

다를 바가 없었다.

여유롭게 걸으며
비를 다 맞고 유유자적
휘휘 가는 쟤네들하고
똑같이 쫄딱 젖었다.

자기는 비 맞는 걸 좋아한다고
에바가 얘기하는 소리가 이제야 들린다.

어차피 똑같이 젖는데
뭘 그리 아등바등했나.

그리고 보니 비 맞는 게
무슨 대수인가.

우린 참 이런저런
대수를 많이 만들어놓고 산다.

근데 폭우가 뭔 대수인가
감기가 뭔 대수인가
비 맞는 게 뭔 대수인가

날벼락처럼 찾아오는
삶의 폭풍들에도
저 라임을 붙여보면 어떨까.

헤어진 게 뭔 대수인가
돈 잃은 게 뭔 대수인가
실패 좀 하는 게 뭔 대수인가

비가 온 건 어쩔 수 없지만
우산이 없는 건 어쩔 수 없지만
그래서 쫄딱 젖어도 어쩔 수 없지만
아등바등하는 건 선택이었다.

비를 맞으면서도
물에 빠진 생쥐 꼴이 되면서도

사뿐사뿐 공주처럼 걷는 것만큼은
내가 선택할 수 있다.

폭우 같은 일이
내 삶에 닥쳤을 때도

그 과정도 결과도
내가 피할 수 없을지라도

아등바등하지 않고
우아하고 여유롭게 겪어내는 건
언제나 가능한 일이다.

오늘처럼 갑작스러운 비는
아무리 애를 써도 젖을 수밖에 없기에
오히려 안도감을 준다.
마음 편하게 젖어도 된다는 안도감.

인생에서 갑자기 부딪히는 난관도
아무리 애를 써도 피할 수 없으니
똑같이 안도감을 준다.

그러니 너무 애쓰지 않아도 된다.

차라리 다 받아들이고
우아한 걸음 사뿐히 디뎌보자.

이상하게 보면 뭐 어때

딸기랑 과자를 사러
동네 제일 큰 마트에 갔다.

이렇게 베를린에서 같이 장 보는 것도 추억이 될 테니
재밌는 사진이나 몇 장 남기자고 시작했는데
점점 더 웃기게 찍고 싶은 욕심이 생겼다.

소스 코너에서 볼록거울 사진으로 시작해서
시리얼을 입에 털어 넣는 포즈를 하다가
신발 코너에서는 바닥에 드러누웠고
하리보 앞에선 무릎까지 꿇었다.

집에 와서 사진을 한 장씩 넘겨 보며
웃기게 나와 너무 만족스럽다고
우리는 한참 서로를 때리며 깔깔깔 웃었다.

날 이상하게 생각하면 어쩌지
쟤들이 날 싫어하면 어쩌지
너무 루저 같아 보이면 어쩌지.

'남들이 나에 대해 어떻게 볼까.'

그 생각에 사로잡혀
너무 많은 일을 못 해보고 산다.

남이 내 인생 대신 살아줄 건가
남이 죽기 전에 떠오르는 내 후회를 없애줄 건가.

도대체 남이 뭐라 생각하는 게
왜 중요하다는 걸까.

유치하면 어떻고
오글거리면 어떻고
바보 같아 보이면 어떻나.

내 인생을 사는 건
오로지 나뿐인데.

아직 애기니까 맘대로 해도 된다.
새파란 청춘이니까 맘대로 해도 된다.
당당한 아줌마니까 맘대로 해도 된다.
이미 할머니가 됐으니까 맘대로 해도 된다.
한 번 사는 인생인데 뭐 어쩔 건가.

재밌게 살자.

남들이 미쳤다며 도리도리하더라도
내가 해보고 싶은 일이 있다면 도전해 보고
많이 뒤처지고 루저같이 비치더라도
내가 하면서 즐거운 일이라면 그냥 한번 해보자.

좀 쳐다보면 어떤가
미쳤단 소리 좀 들으면 어떤가.

더러운 마트 바닥에도 누워보고
하리보 젤리에 절도 해보고
시리얼 들고 이쁜 척도 하며
미친놈이 되어 살아보는 거지.

남들한테 잘 보이느라
재밌는 일을 놓치지 말고
해보고 싶은 일을 미루지 말고

평생을 내일이 없는 것처럼
철판때기를 깔고 살자.

그렇게 나를 위해서 살자. (◕‿◕)✧.�º"

3장

청춘의 낭만을
영원히 영원히

: Hamburg

마법으로 얽여 만나는 인연

모든 기대를 다 버리고 무감정하게 살라는 말이 아니다.

인연을 너무 꼭 쥐려고 하지도 너무 놓으려 하지도 말고
흘러가는 대로 둬보자.

그러다 보면 예상치 못하게 유럽에서 다시 만난 내 옛 친구 유
니스처럼 애쓰지 않아도 저절로 다시 길이 겹치는 좋은 사람들
이 생긴다.

작년에 에바가 서울에 있을 때 일 년간 아시아 배낭여행을 하던
유니스를 만났다. 유니스가 서울에 있는 동안 우리 셋은 많은 시
간을 함께 신나게 보냈다. 늦은 밤에 남산에 올라가 야경을 한참
구경하기도 했고, 극장에서 유일하게 영어로 된 마블 영화를 보

면서 팝콘도 먹고, 떨리는 내 인생 첫 사인회에 몰래 와 멀리서 응원해 주기도 했다. 너무 즐거운 추억을 쌓은 지 한 달이 지났다. 유니스가 유럽으로 돌아가야 했기에 우린 작별 인사를 했다. 진짜 작별 인사.

"Goodbye and have a good life, friend."
(잘 가고 좋은 인생 살아라 친구야.)

앞으로 우리의 길이 교차할 일은 아무리 따져봐도 없었다. 영상 통화는 할 수 있어도 직접 얼굴 보는 날은 없겠다고 확신했다. 말만 또 보자 하는 가식보단 남은 인생 잘 살다 가라는 마지막 인사를 주고받았다.

아쉽지만 아쉽지 않았다.
우리가 또 얼굴을 볼 인연이라면 다시 만날 거고,
보지 못하는 상황이라면 볼 인연이 아닌 거니까.

누구는 나보고 참 무심하다고도,
정이 없다고도 할 수 있겠다.
하지만 난 정이 없는 게 아니다.

정이 아주 많다.
보고 싶은 마음은 당연히 있다.

단지 아무리 친한 친구나 심지어 연인이라도 내가 보고 싶은지
아닌지와는 상관없이, 모든 만남은 내 손 밖에 놓인 여러 타이밍
이 맞아야 이루어진다. 시간, 위치, 상황, 날씨, 마음. 이 모든 조
건이 맞아야 볼 수 있다. 그래서 옷깃만 스쳐도 인연이라고 하나
보다. 노력했지만 그래도 보지 못하면 우리가 만날 가장 좋은 때
가 지금이 아닐 뿐이다. 지금은 인연이 아니라서 그렇다. 아끼는
마음이 변할 이유는 없으니 소중한 마음은 그 자리에 그대로 두
고 산다.

나에게 필요한 모든 만남은 꼭 이루어질 거라고
모든 행성과 별을 완벽하게 운행하는
우주의 타이밍에 믿고 맡겨놓으면,

스쳐 갈 사람은 스쳐 가고
필요한 인연은 또 선물처럼 찾아오니까.

그래서 누구와의 만남이라도
너무 큰 의미를 둘 필요도 너무 집착할 필요도 없다.

독일에서 나와 유니스의 인연은
다시 찾아왔다.

베를린에 막 도착했을 때는 서로 스케줄이 안 맞았다. 그래서 꽤
먼 지역에 사는 유니스랑 만나기는 불가능했다. 그런데 하루 전
날 밤에 갑자기 모든 상황이 신기하게 맞아떨어졌다. 스케줄이
다 조정되고 비만 오던 날씨조차 화창하게 갰다. 우리도 유니스
네에 놀러 가기 완벽한 타이밍이 되었고, 유니스도 우리가 놀러
오기 완벽한 타이밍이 되었다. 나와 에바는 가방에 옷가지도 제
대로 챙기지 않고 당일 아침에 기차표를 사서 유니스가 있는 동
네로 훌쩍 떠났다.

조만간 보자고 하고 잠시 떠나왔던 미국 친구들과는
지금까지 한 번을 다시 못 만났는데,
평생의 작별 인사를 했던 유니스와는
겨우 일 년 만에 다시 만나는 아이러니함.

내 손 아프게 너무 붙잡고 있지 않아도
서로에게 선물이 될 사람들은 신기하게도
어떻게든 엮여 완벽한 타이밍에 뿅 나타나는
인생의 마법이기도 하다.

어찌 보면 우린 참
마법으로 둘러쌓인 삶을 살고 있다.
치링치링 치리링

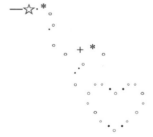

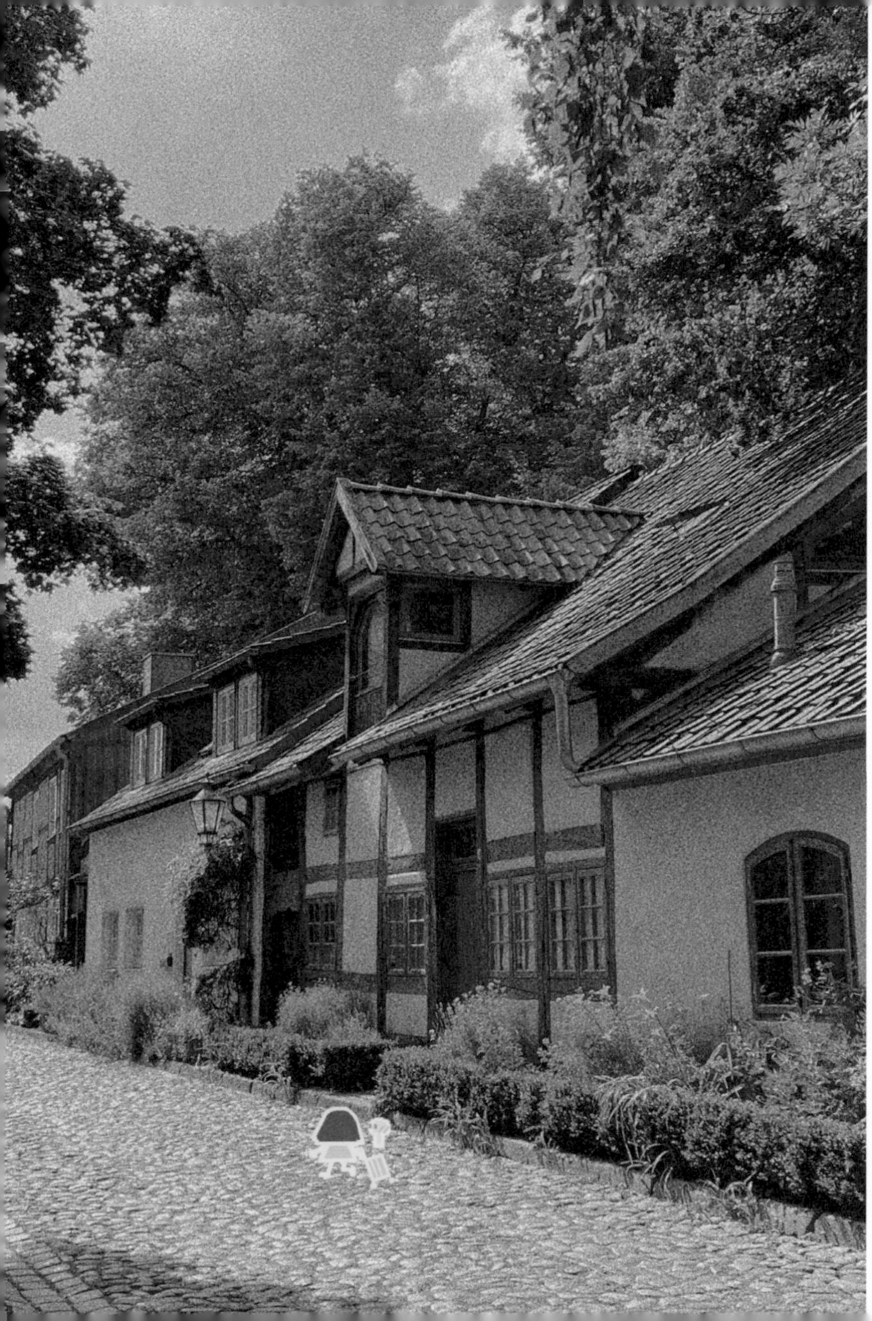

장이 멀면 빵도 건뜩 사서 총총총 ~♪

다발다발 향기 가득한 부자

기차에서 내리자마자
꽃집을 찾았다.

에바 엄마의 심부름으로
꽃다발을 사서 이 동네 사는
한 신혼부부에게 전해줘야 했다.

들어서자마자 꽃향기가
확 나는 아기자기한 꽃집에서
스르륵 나를 홀린 건

찐한 레드벨벳 색깔의
너무나도 고혹적인 장미였다.

평소 장미를 좋아하지도 않는데
그 장미가 얼마나 예쁜지
이유 없이 마음이 설렜다.

그러고 보니 남들에겐 꽃을 많이 사줬는데
내가 나에게 꽃을 사준 적은 한 번도 없었던 것 같다.
갑자기 돈을 많이 벌고 싶다는 생각이 든다.

지나가다가 들른 꽃집의
장미가 너무 예쁘면

내가 나한테 꽃다발 한 아름
사주고 싶어서

제일 제일 크고 예쁜 꽃다발로
가격도 안 보고 아무렇지도 않게 쓱 집어서
계산하고 나올 만큼 돈을 벌고 싶다.

못 참아서 결국 사 먹은
마라탕처럼 나한테 쓰는 거 말고

지름신이 들어 덜컥 산
목걸이처럼 나한테 쓰는 거 말고

남들한테 잘 보이고 싶어서 산
원피스처럼 나한테 쓰는 거 말고

평화롭고 아무 일 없는
어느 한가한 날에 들어간 꽃집에서
그저 꽃이 너무 향기로워서

그동안 고생했으니 사도 된다는 둥
자기합리화를 구구절절 궁상맞게 읊조리지 않고도

아무 이유도 없이 고민도 없이 그냥 내게 사주는
가게에서 제일 큰 장미 한 다발 말이다.

죽을 때까지 퍼스트클래스
한번 타보지 못하더라도

죽을 때까지 롤스로이스 운전대
한번 만져보지 못하더라도

그렇게 내게 줄 커다란 장미 한 다발
매일이라도 주저 없이 살 수 있는 돈을 번다면

세상에서 물질로 내가 누릴 수 있는
모든 건 누리고 간다고 말할 수 있을 것 같다.
회장님도 재벌 4세도 부러워하지 않고 살다 갈 것 같다.

꼭 그만큼은 벌며 살아야겠다.

난 그럴 거다.
너도 그럴 거다.

우린 곧 돈다발 꽃다발

행복하게 안고 있는 부자가 될 거야! ♡´･ᴗ･`♡

외로운 우정이 튼튼한 이유

일 년 만에 다시 뭉친 우리 셋은
함께 해가 지는 모습을 보러 동네에 있는 작은 산에 올랐다.

잠시 수다를 떤다고 해를 등지고 의자에 앉아 있다가 그만 일몰
을 놓쳐버렸다. 그래도 좋았다. 새로운 느낌이었다. 새로운 친구
들이었다. 우리는 그대로이면서도 많이 변해 있었기 때문이다.

지난 일 년간 우리는 각자 성장해 있었다.

젖살이 빠져 더 멋있어진 외적 성장도 있었고, 경력을 하나씩 더
쌓아 올린 커리어 성장도 있었다. 학교에서 새로운 공부를 하며
지적 성장도 있었다. 하지만 이런 건 우리가 지금 서로에게 느끼
는 변화와 관련이 없었다. 이 변화는 가슴속 깊이 아무도 볼 수

없는 곳에서 일어난 성장이었다.

우린
작년보다 더 나은 '사람'이 되어 있었다.

마음은 더 단단해지고, 삶을 더 넓게 받아들이고, 책임을 조금
더 많이 져도 잘 견뎠다. 얼굴을 보지 못하는 일 년 동안 각자의
자리에서 마음이 성장하고 있었던 것이다.

한 명은 딱딱한 계획 속에 갇혀 있던 방식을 버리고 삶의 파도
를 둥실둥실 타면서 유연하게 살아가는 법을 배웠다. 한 명은 나
와 다른 이들을 바꾸려 하기보단 있는 그대로 사랑하는 따뜻함
을 알게 되었다. 한 명은 불확실 속 두려움에 떨면서도 앞으로
나아갈 용기를 키웠다.

우리는 세상에 보이는 껍데기를 성장시킨 게 아니라
다른 사람들은 볼 수도 들을 수도 없지만
오직 나에게만 보이고 들리는 깊은 마음속
자기 자신을 성장시킨 진정한 발전을 해냈다.

세상은 쉼 없이 우리의 가치를 평가하는 기준을 들이댄다.
직업, 연봉, 재산, 외모, 키, 몸무게, 나이, 학벌, 성적….

하지만 세상의 기준을 모두 버리고
오로지 스스로만 볼 수 있는
내면의 적나라한 자신을 진정으로 성장시킬 때
우리는 행복에 더 가까이 다가간다는 걸 기억해야 한다.

각자의 벌거벗은 내면을 성장시키고 함께 모이면
내가 행복해지고, 우리가 행복해지고,
더 좋은 우리의 작은 세상이 만들어진다.

누구도 대신해 줄 수 없는 성장의 과정은
쉽지 않았고 때로는 너무 외롭고 고독하기도 했는데,
달라진 내 모습과 친구들의 모습을 함께 놓고 보니 참 좋았다.

함께한다는 건 꼭 외롭지 않아야 하는 게 아니구나.
함께한다는 건 언제나 같이 있어주는 게 아니구나.

때로 함께한다는 건
너가 분명 해내리라고 의심 없이 믿으면서
각자 가는 길에서 최선을 다하다가
또 함께 웃는 날이 온다는 걸 알고 기다리는 일이구나.

각자 또 함께.

태어날 때도 죽을 때도 혼자지만
살아가는 동안은 서로 의지하며 살아가듯
각자도 함께도 인간의 운명인가 보다.

우리는 그렇게
각자도 함께도 행복할 수 있는
멋진 사람들로 조금씩 성장해 간다. °+·ʒ꒳ ☆ ꒰ʒ ·+°

피이이잉 대문을 왜 두들기는데

찌이이이잉
낡은 녹색 대문의
벨을 누른다.

조금 이따가 호수에 수영하러
같이 갈 친구들이 있는지 물어본다고 해서
당연히 전화를 걸 줄 알았는데

자전거를 타고 나까지 끌고서
친구들이 사는 집집마다
대문을 두들기는 게 아닌가!

통화도 부담스러워서
웬만하면 문자로 처리하려는 세대가
바로 우리 세대일 텐데. 이게 무슨 일이지.

손에 멀쩡히 폰을 들고서
벨을 누르고 문을 두드리는 유니스를 보고 있는데
이게 무슨 상황인지 이해가 안 갔다.

왜 그냥 전화로 하지 않느냐고
물어보았더니

유니스의 대답은 심플했다.

"Cause it's nice you know."
(그냥 좋잖아.)

어이없을 만큼 간단한 답변.
근데 그래서 이해가 갔다.

특별해진 기분이 들 것 같다.

3초면 보내버리는
문자 한 줄 대신
우리 집 대문에 달린
벨을 직접 눌러준다면.

온갖 오버 액션이 담긴 이모티콘 대신
담담하고 차분한 목소리로
얼굴을 보며 같이 놀자고 물어봐 준다면.

많이는 아니고
한 천억 배 정도 훨씬 특별해지고
소중해진 기분을 느낄 것 같다.

문을 두드리면
어떤 애는 자다 막 일어나서
부스스하게 나오고

또 어떤 애는 어딜 막 다녀왔는지
깔끔하게 차려입은 채로 나온다.

덕분에 같이 끌려다니며
문밖에서 집 안 구경도 살짝 하고
집집마다 처음 만나는 친구들과
스몰토크 파티를 열었다.

편리함만 추구하며 살다 보니
불편함이 주는 따뜻함을 잊고 있었다.

편리하기 위해 사는 게 아닌데
왜 나는 불편한 게 싫다고
따뜻함을 버리며 살았을까.

더 재밌고 더 행복하려고 사는 거지
누가 누가 더 빠르고 효율적인지
평생 대결하다가 죽는 게
우리가 사는 이유는 아닐 텐데.

그래서 불편함도 필요하다.

사람과 사람이
진실로 연결되는 건

초고속 와이파이가 주는 스피드가 아니라
서로의 온기를 느낄 수 있는 가까운 거리니까.

그 거리에서만 우리는 함께의 따뜻함을 느끼고
부대끼는 불편함 속 행복함을 누리니까.

유니스 옆에는 왜 이렇게 항상 사람들이 많은가 했더니
이 자식 사람의 마음을 따뜻하게 덥힐 줄 알았다.

하루가 다르게 속도가 더 빨라져 가는 이 시대와
때때로 반대로 살아봐야겠다.

아무래도 진짜 삶의 이유는
느림 속에서 찾을 수 있을 것 같으니.

조금 불편함을 감수하고

조금 느림을 감수하고

굳이 문을 두드려보자.

똑똑똑! |„ ˙ ◡ ˙)ﾉﾞ

아주 완벽한 수박의 하루

어떤 사람은 으리으리한 집을 자기 명의로 소유한 모습을

또 어떤 사람은 먹고 싶은 음식을 마음대로 사 먹는 모습을

또 어떤 사람은 꿈에 그리던 페라리를 모는 모습을

완벽한 행복으로 떠올린다.

완벽한 행복은 뭘까.

난 이상하게 그 어떤 모습도 떠올린 적이 없었다.

별다른 욕심도 목적도 소망도 없지만

그냥 살아 있으니까 잘 살려 노력했다.

그런데 여기에서 알게 되었다.

작은 호수였다.

그게 나의 완벽한 행복이었다.

내 현실에도 실제로 존재하는 거였구나.

유니스의 집에서 자전거를 타고 십 분이면 가는 호수였다. 유니스랑 같은 학교에 다니는 친구 세 명이랑 함께 크고 울창한 나무에 둘러쌓인 호수에 도착했다. 호수는 아주 깨끗하고 작았다. 옷도 겨우 잠옷 한 벌만 챙겨 온 바람에 유니스가 안 입는 옷을 아무거나 빌려 입었다. 그랬더니 빨간 티셔츠에 초록 반바지의 걸어다니는 수박이 되어버렸다. 얘네들은 여름에 여기를 거의 매일같이 온다고 한다.

물가 옆 잔디에 앉아 삼십 분 정도 수다를 떨었다. 수영하러 들어갈 때가 되자 남자애들은 약속이나 한 듯 동시에 큰 수건 한 장을 각자 허리에 휘리릭 둘렀다. 그 안에서 묘기처럼 입고 있던 바지를 벗고 수영복 바지로 갈아입었다. 에바와 나도 티셔츠를 일 초만에 던져버리고 안에 입고 온 비키니 수영복 차림으로 가볍게 물 속에 뛰어들었다. 이 호수에는 노브라로 태닝하거나 수영하는 사람들도 있었다. 자연스러운 모습이라 아무도 신경 쓰

나는야 행복한 워타멜론 ☆♬+.

지 않는다. 누구 배에 복근이 있는지 누구 가슴이 얼마나 큰지 따위는 모두의 관심 밖이다.

바닥이 다 보이게 깨끗한 호수는 여름인데도
추울 정도로 차갑고 청량했다.

세상의 그 어떤 비싼 호텔 수영장보다 훨씬 훨씬 훨씬 더 좋았다. 친구들이랑 신나게 물장구를 치며 수영을 막 하다가 고개를 돌렸는데 바로 옆에 아기 오리들이 같이 헤엄치고 있었다. 뒤를 돌아보니 바둑이 같은 큰 멍멍이 한 마리가 귀엽게 얼굴만 쏙 내밀고 발을 찹찹찹 저으며 따라왔다.

물 위에 떠서 하늘을 가만히 바라보고 있다 보면, 높은 빌딩 하나 없어 가려진 데 없이 새파란 온 하늘에 두둥실 떠가는 구름이 전부 내 것 같았다.

이 작은 호수에서
내 마음은 가득 찼다.
그냥 풍족한 느낌이었다.

그런데 이게 바로 행복이 가득 찬 느낌인 것 같다.

우린 밥도 집에서 다 해 먹어야 하고
잠도 좁은 셰어하우스에서 끼겨 자는데도
이 순간 모든 걸 가진 기분이었다.

많은 행복을 돈으로 살 수 있다는 건 여전히 부정하지 못하지만,
완벽한 행복은 돈으로 살 수 없는 걸 가질 때 누리지 않을까.

서로를 아낄 줄 아는 착한 친구들과의 우정
소중하게 보존된 자연이 주는 선물
있는 그대로 날 사랑하는 마음
지금만 누릴 수 있는 청춘과 젊음.

돈으로 살 수 없는 것을 당연히 여기지 않고 소중히 대해주어
내 작은 호수를 인생에서 매일매일 누려야겠다.
ㅡ~ㅡ~ㅅ(^ᴗ^)ㅅ~ㅡ~ㅡ

우리가 먹는 복숭아를 탐내는 오리랑 협상 시도 중 (•ө•)

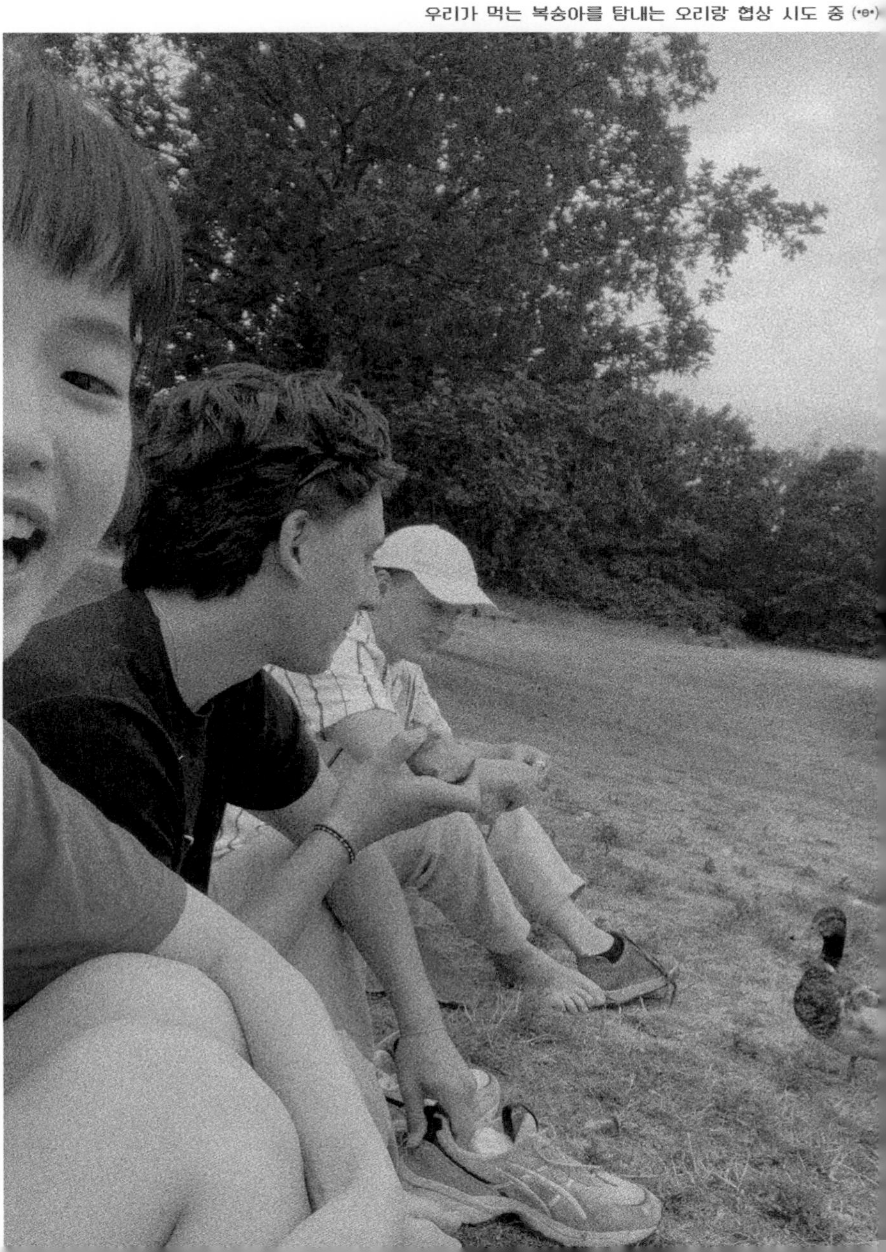

탈출을 돕는 친구 효과

주방에서 동에 번쩍 서에 번쩍 분주하게 움직이더니

태어나서 처음 보는 비주얼의 음식을 순식간에 차려냈다.

수영을 하고 와서 그런가 배가 너무 고팠는데
유니스는 자기가 직접 만들어주겠다며
이곳에서의 첫 저녁으로 중동음식을 해주었다.

시큼한 향이 나는 크림에 캐슈너트와 난이 버무려진 요리가 먼저 나왔다. 진득한 들깨소스가 들어갔다고 해서 익숙한 느낌일 줄 알았는데 완전 생소했다.

그다음에는 넓적한 그릇에 하얗고 아주 꾸덕꾸덕한 소스가 나왔
는데 뭔지 모르겠는 게 올라가 있고 까만 가루와 올리브유로 추
정되는 무언가가 잔뜩 뿌려져 있었다.

마지막에 나온 샐러드도 처음 맡아본 향의 드레싱으로 버무려졌고
큼직하게 썬 생양파와 오이가 잔뜩 들어갔다.

생긴 모양부터 어떻게 먹어야 하는지도
모르는 음식이 줄줄이 나왔다.

하지만 믿고 먹어볼 준비가 되어 있었다. 유니스는 고급 레스토
랑에서 셰프로 일하기도 했었고 언젠가 본인이 직접 운영하는
친환경 레스토랑을 열고 싶다는 꿈도 있다. 이렇게 멋진 내 친구
가 만들었으니까 당연히 맛있겠지.

평소엔 맨날 먹던 음식만 먹고 가던 음식점만 가는 나지만
친구를 믿고 완전 새로운 음식에 도전할 용기를 쉽게 냈다.

첫 번째 요리부터 조금 떠서 먹어보았다. 혀에 지금까지 경험해 보지 못했던 맛이 느껴졌다. 캐슈너트의 달달함에 식초 같은 새콤함이 섞여 있는데 그걸 담백한 난이 감싸줬다. 오 이거 나쁘지 않은데?

식탁 뒤쪽에 세워놓은 작은 스피커에서는
독일어와 아랍어로 된 힙합 노래가 흘러나왔다.

아랍어로 된 노래는 태어나서 처음 들어보았다. 유니스는 독일인이지만 할아버지가 중동 사람이셔서 자기의 뿌리이기도 한 아랍 문화를 요즘 열심히 공부하고 있다고 한다. 그래서 이런 노래도 많이 듣기 시작했다고.

아랍 문화는 평소 접할 일이 없어서 나에겐 무척 생소했다. 솔직히 굳이 알려고 한 적도 없고 궁금해한 적도 없었다. 어쩌면 경계해야 하는 문화라는 편견이 있었는지도 모르겠다.

그런데 내 친구가 뿌리를 둔 문화라고 하니까 그들의 새로운 음식 맛을 더 꼭꼭 씹으며 음미하고 노래도 귀를 더 쫑긋 세우고 듣게 된다.

멋진 내 친구가 몸담은 문화는
똑같이 멋질 수밖에 없으니까.

벽도 편견도
친구를 통하니까 스르륵 사라져 버렸다.

괜히 예의 차리는 게 아니라 진심으로
그들의 문화가 신기하고 멋져 보이기 시작했다.

세상이 심어놓은 우리 마음속 편견들을 부수고
우물 안 개구리를 탈출하는 가장 빠른 방법은
우리가 서로 친구가 되는 게 아닐까.

그러면 이방인을 보는 경계의 눈이 아니라
친구를 보는 애정의 눈으로
우리의 다름을 볼 수 있으니까.

그때는 그 다름이 멋있어 보일 테니까.

☆ ˚ ･ ✦ ☾ ★ ✧ ˚ ÷ ♡ 🎀

아무 일도 없는 발코니

평화롭다는 기분을
정말 오랜만에 느껴본다.

따사로운 아침 햇살에
비몽사몽 눈을 비비며 나왔는데
나처럼 눈을 반밖에 뜨지 못한 유니스가
달그락거리며 발코니를 서성인다.

작은 발코니에서 키우는
쪼그마한 딸기에 쪼르륵
아직 초록색인 토마토에 쪼르륵
보라색으로 가득 핀 꽃 위에 쪼르륵

아직 부은 얼굴로 투박한 화분에
물을 주고 있었다.

"Coffee? I'll make it for you."
(커피 마실래? 내가 내려줄게.)

어린애 입맛이라 커피는 써서 안 마시는데
유니스가 직접 내려준다는 말에
나도 한 잔 마셔보겠다고 했다.

커피를 세 잔 내렸는데
두 잔은 대충 그려서 거품 위
하트가 약간 찌그러져 있었다.

마지막 잔에는 정성을 들였는지
가장 예쁜 하트가 올라가 있었다.
그 마지막 카푸치노를 내게 주면서 말한다.
제일 예쁜 거 너한테 주는 거야.

살짝 한 모금 마셔봤다.

커피 맛이 좋은지도 모르면서

괜히 오늘만큼은 맛있는 기분이 든다.

우리는 각자 카푸치노를 앞에 두고

발코니에 있는 나무 책상에 앉아서

노트북을 열고 할 일을 하기 시작했다.

커피 향이 나면서

간간이 바람이 스치고

새 지저귀는 소리가 울려 퍼진다.

마음이 고요하다.

평화라는 건 이런 시간이 아닐까.

그 어떤 신나는 순간보다

별거 없는 이 평화로움이 더 기억에 남을 것 같다.

이 발코니는 정말 특별한 곳이다. (ˇᵕ ˇ⋆)

마음 속 평화 지키기 98

뚱뚱한 5유로짜리 청춘

다들 왜 그렇게 청춘 청춘 하면서
그때가 제일 좋을 때다 야단인지
딱히 이해가 가지 않았다.

어른들은 이미 지나가서 잊었나 보다.
우리의 삶이 얼마나 고되고
퍽퍽하고 우울한지 말이다.

돈도 없고 미래도 없고
가진 게 아무것도 없어서
얼마나 불안하고 힘든데.

차를 타고 놀러 간 도시에서
점심으로 가성비 좋은 음식점을 찾았다.
매끼 먹는 데 펑펑 쓸 여유는 없으니.

유니스가 자주 가는 단돈 5유로짜리
타코 단골집이 있다고 해서 따라갔다.
각자 취향대로 하나씩 포장해서
길가에 걸터앉았다.

맥주도 같이 마셔야 한다며
잠깐만 기다리라고 하더니
유니스가 어디론가 뛰어가고
에바도 곧 그 뒤를 따랐다.

유니스의 옛 친구인 틸이랑 내가 남아서
구석에 자리를 잡고 기다리는데
꽤 멀리 다녀왔는지 십오 분쯤 걸렸다.
에바랑 유니스가 맥주 네 병을 안고 왔다.

유니스는 술을 잘 안 마시는
내 취향을 생각해서 골라봤다며
바다가 그려진 레몬 맥주를 건네주었다.

우리는 햇빛이 그대로 쨍 들어오는 자리에서
나무가 많은 곳으로 옮겨 앉았다.

다 같이 옹기종기 모여 앉아서 먹는
5유로짜리 타코는 유니스 말대로
가성비 최고에다 재료가 듬뿍 들어가 정말 맛있었다.

도대체 뭐가 재밌는지 모르겠는데도
우리는 거기서 뚱뚱한 타코를 크게
앙 베어 먹으면서 계속 깔깔거렸다.

맥주 마시는 친구의 옆모습을 보고 웃고
한 입에 타코를 못 넣고 있는 나를 보고 웃고
지나가는 큰 멍멍이가 제자리 돌기 하는 걸 보고 웃고
틸이 스위스에서 아르바이트하며 겪은 얘기를 들으며 웃었다.

저 멀리 하늘에서 드라마 보듯
우리의 이 순간을 본방 사수한다면
귀여운 청춘 드라마였을 것 같다.

어른들 말이 맞았다.
청춘 참 좋다.

가진 것 없어도
길거리에 풀썩 주저앉아 친구들이랑
돈 아끼며 먹는 타코마저 재밌다.

어디가 되었든
친구들이랑 함께하면
뭔들 다 재밌기만 하다.

굴러가는 낙엽에 웃을 수 있는
해맑음이 아직 남아 있다.

당장 우리 주머니에는 뭐가 없어도
한낱 주머니엔 담을 수 없는 크고 큰 꿈이 있기에
알 수 없는 미지의 설렘이 가득하기에.

우리의 삶은 아무리 고되도
겨우 한 줄기뿐일지라도
가능성이 무한한 청춘이기에.

우리의 불안함은
사실 청춘의 설렘이었고,
보장된 것 없는 미래는
사실 청춘의 가능성이었다.

현실로부터 받은 상처가
아직 너무 깊지도 많지도 않아
여전히 삶에 기대를 가지고 살 수 있어서
바로 해맑은 청춘이 아닐까.

젊음은 언젠가 떠나가겠지만
우리의 청춘만큼은
모두에게 영원했으면 좋겠다.

아무리 많은 상처를 받더라도
또 꿈을 꾸는 청춘을 회복하기를.

언제나 희망과 기대를 가지고 살기를.
오십 살의 우리도 팔십 살의 우리도.

찡긋 ;>

상큼 ;>

FOREVER YOUNG ⌢★

4장

결국 우린
사랑할 수밖에

: Back in Berlin

또각또각 궁전으로

베를린에서 제일 큰 궁전이 있는데
이따가 같이 가볼래?

에바가 차 키를 흔들면서 말했다.

유니스네에서 베를린으로 돌아온 뒤 계속 비가 내려서
며칠 내내 집에서만 뒹굴뒹굴하다가
오랜만에 하는 외출이다.

날씨도 드디어 화창해졌네.
일찍 일어나 치마까지 꺼내 입고
공주님들처럼 궁전 나들이를 나간다.

★ ⁝ ★9℮★ ⁝ ★

여왕보다 가성비 더 좋아보기

천장만 넋 놓고 바라보았다.

가만 보고 있으면
천국이 그대로 내게 다가오는 것 같은
영롱한 구름 속 빛이 아주아주 크게 그려져 있었다.
내 방 천장에도 이런 그림이 있으면 좋겠다.

옛날에 이런 곳에서 살았다면
그야말로 인간이 누릴 수 있는
가장 행복하고 호화스러운 삶이었겠지.

방을 지나고 또 지났더니
오로지 여왕의 취미 생활을 위해

특별히 마련한 큰 방이 나왔다.
유럽뿐 아니라 먼 중국에서까지 공수해 온
아주 귀한 도자기가 셀 수 없이 많았다.

취미 활동 한번 끝내주게 하셨구나.
여왕으로 사는 게 좋긴 좋네.

그러다 문득 궁금해졌다.

말도 안 되게 비싼 도자기를 전 세계에서 사 모으며
여왕은 실제로 얼마만큼의 재미와 행복을 느꼈을까?

팍팍한 현생을 살며 아이돌 덕질을 하는 내 친구가
치열한 티켓팅을 뚫고 마침내 팬미팅 한 자리를 얻어냈다면.
이 친구가 느낀 재미와 행복은 여왕보다 덜했을까?

그 순간 누가 더 짜릿하고 행복한지는
도자기나 콘서트 티켓 가격처럼
확실하게 말할 수가 없다.

왜냐면 너무 신나하는 내 친구의 얼굴은
무조건 세상에서 제일 행복한 얼굴이었기 때문이다.
여왕이 귀한 도자기를 선물로 주더라도 냅다 던져버리고
자기 티켓만 쥐고서 콘서트장으로 달려갔으리라 장담한다.

행복이란 이 세상

그 어느 것보다 상대적이다.

아무것도 따지지 않고
오로지 행복의 크기만 잰다면

꼬마가 길가에 피어난
꽃 한 송이를 손에 처음 쥐어본 행복이

한 청년이 오십억짜리 로또에
당첨된 행복보다
훨씬 더 클 수도 있다.

우리는 자주 낚이고 산다.

맨날 속고 산다.

이것만 가지면 이것만 이루면

행복해질 수 있다는 새빨간 거짓말에.

모든 행복은 밖이 아니라

내 작은 머릿속에서 정해진다.

스스로 자신을 가두기도 하고

스스로 자신을 풀어줄 수도 있는

어마무시한 힘은 내 안에 있다.

궁전에 사는 여왕보다

훨씬 더 행복한 삶을 살다 간 서민은

분명 하나도 아니고 최소 수백 명은 됐을 테다.

자꾸만 조건을 달며

행복을 미루는 거짓말에는

이제 그만 속고

궁전에 살던 어느 여왕이나 귀족보다

더 행복한 지금을 살아보자.

길거리 꽃 한 송이를 보면서

여왕의 온 궁전을 가진 것처럼 흐뭇하게 여겨보자.

그럼 우린 공짜로 저 궁전을 가진 행복을 누리는 거다.

솔직히 저들은 삼겹살에 김치 한 점

싸 먹는 행복도 모르고 살았을 텐데

어제도 삼겹살 구워 먹고

두둑한 뱃살을 유지하고 있는 내가

그들보다 부족할 게 뭐가 있나. (∩·⊙·∩)

넌 갓 태어난 백조니까

궁전 안을 다 돌아보고
성 밖에서 정원을 구경하고 있었다.

어?
진짜인가?

눈을 비볐다.

솜털이 뽀송뽀송한
아기 백조 여러 마리가
헤엄도 치고 풀밭에도 앉아 있는 게 아닌가.

태어나서 처음 보는 아기 백조 무리가
신기해서 방방 뛰었다.

엄마처럼 털을 정리해 보겠다고
머리를 이리저리 콕콕 움직이는데
어찌나 서투르고 귀여운지 싹 다 납치하고 싶었다.

아기 백조는 사실 엄마 백조처럼 우아하지 않았다.
부리는 시커멨고 솜털은 칙칙한 회색이었다.

어떻게 보면 못생긴 것도 같고
하는 짓도 어설프기만 한 애들인데

그래도 귀엽다니.
그래도 사랑스럽다니.

아직 그리 늙지 않은 나도
갓 태어난 아기 백조들을 보며
사랑스럽고 귀엽다는 감정을 느끼는데

천 년씩 된 할아버지 나무나

아주 먼 우주의 오래된 할머니 행성이

우리 인간들을 바라본다면 아마도

아기 백조처럼 그저 치명적이게 귀엽다고 느끼지 않을까?

수천억 년씩 나이 먹은 우주에서는

아무리 살 만큼 산 인간이라도

응애응애 갓난아기처럼 보일 테니까.

우리가 좀 못나기도 하고

이래저래 실수도 많이 하더라도

그저 솜털이라서 사랑스럽겠지.

나 자신이 참 답답하고

제대로 할 줄 아는 것 없어 한심하게 느껴질 때

너는 왜 그러니 스스로 막 다그치며

내가 봐도 내가 맘에 안 들어 미워질 때는

나를 내 시선으로 보지 말자.

천 년 할아버지 나무가 보는 시선에서
삼십억 년 우주 행성 할머니가 보는 시선에서

갓 태어난 아기 백조를 보듯이
뽁 튀어나온 회색 솜털을 보듯이
아장아장 걷는 아이를 보듯이
나를 사랑스럽게 바라보자.

어이없는 실수를 계속 하더라도
뭐 하나 제대로 하질 못해서 어설프더라도
그래서 오히려 더 앙 깨물어주고 싶은

언제 봐도 귀엽고
뭘 해도 사랑스러운
귀염둥이로 말이다.

나는야 귀염둥이!!
답답할수록 더 귀염둥이!! (∩>o<∩)♡

낡은 백화점 꼭대기 아지트

이민자가 많이 산다는
베를린의 한 동네에 갔다.

여기에 인싸들이 모이는
숨은 바가 하나 있다고 했는데
진짜로 찾기가 너무 어려웠다.

오늘은 에바가 사랑니를 뽑는 날이라
베를린 투어 모임에는 나 혼자 갔다가
미국인 친구들과 친해져서 같이 저녁을 먹고
이 미스터리한 바를 찾아다니는 중이다.

구글맵을 뚫어져라 들여다보니
낡은 백화점에 있다고 나오길래
백화점 안으로 들어갔는데

백화점이라기보다는
엄청 많은 사람들로 부산스러운
대형 마트 같은 곳이었다.

엘리베이터를 타고
요 층에서도 내려보고
저 층에서도 내려보았지만
바는 어디에도 없었다.

아무리 봐도 바가 있을 것 같은 느낌이 전혀 아니었다.
슬슬 불안해지기 시작했다.

베를린 중심지랑 분위기도 조금 달랐고
벌써 7시가 넘어서 어두워지기 전에
낯선 동네에서 벗어나 집으로 돌아가고 싶었다.

우리는 일단 다시 한번
제일 큰 엘리베이터를 탔다.

그때 주황색 셔츠를 입은
예쁜 언니 한 명이 방황하는 듯한
친구들과 내 표정을 읽었는지 먼저 말을 건넸다.

"alksn&$S sknkj(*#$ak???"

독일어로 얘기해서
아예 하나도 못 알아들었는데
신기하게 우리는 모두 동시에 알아들었다.

"혹시 그 바에 가려는 건가요?"

언니가 물어본 말에 우리가 예스를 외치며
열심히 끄덕이자 꼭대기 층을 눌러주더니
거기서 한 번 더 계단을 올라가라고
친절히 얘기해 주었다.

언니 말대로 꼭대기 층에서 내렸더니
뻥 뚫린 야외 주차장이 나왔다.

걸어서 한 층을 더 올라가니
또 주차장이 나왔지만 거기서부턴
어디론가 향하는 사람들이 보이기 시작했다.

아무리 봐도 바가 있을 곳이 아닌데
그냥 주차장인데 도대체 다들 어딜 가는 거지.

걸어가는 내내 의심이 깊어졌다.

그런데 주차장 뒤편으로 가보니
진짜로 꽤 커다란 바 입구가 나오고
사람들이 줄까지 서 있는 게 아닌가?

줄을 서서 들어간
미스터리한 이 바는,

정말 예상하지 못했던

베를린의 풍경을 담고 있었다. ★⁎˚₀★

덩치 큰 오빠의 반전 할인

덩치 큰 독일 오빠가
조그마한 매표소 안에서
입장료를 받고 있었다.

내 키가 작은 건지
매표소가 높은 건지
자존심 상하게 뒤꿈치를 들고
카드를 내밀어야 했다.

나를 쳐다보는 그 독일 오빠는
덩치만 큰 게 아니라 인상도 험상궂었다.
눈을 마주치는 순간 팍 긴장했다.
하지만 목소리가 완전 반전이었다.

너무 스윗한 톤으로 나긋나긋하게
영어로 말해주신다.

"오늘 밤에 비가 온다는 예보가 있어요.
지금부터 네다섯 시간은 그대로 다 즐기실 수 있는데
밤중엔 비에 안 맞게 천막을 쳐야 해서
공간의 절반밖에 사용할 수 없어요.
그래서 입장료는 지금 절반만 받아요.
정말 미안해요. 괜찮겠어요?"

비 오는 게 주인 잘못도 아닌데
이렇게 친절하게 사과를 하다니.

한참 놀고 이미 나갔을 시간 이후를
보상하기 위해 입장료를 반이나 깎아주다니.

인기 있다는 카페에 가면
둘이 가서 케이크를 세 개씩 시켜도
음료를 인당 하나씩 주문하라는 말을 듣거나

주말은 바쁘니 두 시간 뒤엔 나가달라는
퇴장 안내에만 익숙한 사람은

독일 오빠의 애정 가득한
손님 사랑에 오히려 당황해 버렸다.

고마운 마음으로
입구를 통과해 들어가자마자
안내 문구가 하나 보인다.

Lieber Gast, Willkommen bei uns Zuhause!
Wir feiern die bunte Vielfalt und laden Dich ein diese
Offenheit und Neugier gegenüber jeder Herkunft, Glauben,
Altersstufe und Mentalität mit uns zu teilen.
(친애하는 손님,
우리는 모든 배경, 나이, 신념, 다름을 열린 마음으로 서로 인정하며
아름다운 다양성을 함께 즐기는 이 장소에 당신을 초대합니다.)

더불어 어떤 종류의 차별도
금지한다는 경고 표지판도 붙어 있다.

어디 숨어 있는 인스타 감성의
인기 많고 뷰 좋은 바일 줄 알았는데

이곳의 분위기는
뭔가 달랐다.

고작 조명이나 장식으로 꾸민 분위기만이 아니라
장소 자체의 에너지에서 뿜어져 나오는
왠지 모를 편안하고 따뜻한 아우라가 존재했다.

이런 곳이라면 비가 폭우처럼 쏟아져도
한 푼도 깎지 않고 제값을 다 내고 올 것 같다.
갑자기 내게 익숙했던 경제의 모습이
잘못된 건 아닐까 의심스러웠다.

서로의 돈을 뺏고 뺏기며
내 배를 어떻게든 더 많이 채우려는 욕심이
경제를 돌아가게 하는 기반이라고 굳게 믿었는데

욕심은 인간의 본능이니까
그 이기심을 바탕으로 돈과 경제를 이해하는 것이
유일한 방법이라고 믿었는데.

하지만 이 인기 많은 바는
그렇지 않다고 이야기하는 듯했다.

돈은,
욕심으로 긁어모아야 하는 대상이 아니라
우리가 이롭게 돌려 쓰는 도구라고.

사랑을 표현하는 데 쓰는 도구이고
세상을 더 나은 곳으로 만드는 도구라고.

바 주인은 편견도 차별도 없는 장소를 만들겠다며
자선 사업을 하고 있지 않았다.

대신 경제라는 시스템을 통해 자신의 열정을
실제 만질 수 있는 현실로 만들었다.

우리는 돈을 지불하고
바 주인은 돈을 번다.

하지만 우리가 돈을 쓰고
바 주인이 돈을 버는 경제를 통해

조금 더 사랑하는 공간
조금 더 이해하는 마음
그런 특별한 장소를 만들어냈다.

아마 그냥 봉사활동으로 바를 운영했다면
우리 사이에 순환하는 돈의 도움이 없었다면

지금 이 정도의 활기차고
따뜻한 공간은 만들어지지 않았을 거다.
생겼어도 곧 흐지부지 끝나버렸을 거다.

돈은 쫓아다니고
우러러보라고 있는 게 아니었다.

까짓거 어떻게 활용할지는
내가 정하는 것.

돈의 노예가 되는 대신
돈을 일 잘하는 노예로 두고
우리가 서로 더 행복해지면 안 될까? (*⁻ ³⁻*)♡

비 오기 전에 서둘러 트램타고 집으로 가는 중 🌧

아기 포메는 인생 선배님

초롱초롱한 눈에
'나 태어난 지 얼마 안 됐어요'
라고 쓴 별이 박혀 있다.

앙증맞고 쪼그마한 아기 포메가
슈프레강 근처 공원을 산책 중이었다.

저 귀여움을 두고 어떻게
그냥 지나갈 수 있나.

주인에게 허락을 받고
조심스럽게 쓰담쓰담 했다.

에너지가 어찌나 넘치고
호기심이 얼마나 많은지
이리 폴짝 저리 폴짝 난리다.

목에 줄이 걸려 있는데
신경도 안 쓰고 뛰어다니니
내 다리에도 친구 다리에도 걸리고
또 자기 다리에도 계속 걸린다.

엄청 불편할 것 같은데
아예 신경도 안 쓰고
자기 궁금한 것만 쳐다보며
신나서 정신 사납게 돌아다닌다.

이쪽 언니들한테 쓰담 받고
바로 다음 언니들에게 뛰어가 쓰담 받고
또 다음 목적지로 혀를 내민 채 마구 돌진한다.

이따위 목줄
난 있는지도 몰라아악!!!!!!

하고 외치며 사방팔방
뛰어다니는 것 같다.

저 쪼꼬미처럼 살아야겠다.

살면서 목줄같이 짜증 나는
존재와 장애물이 꽤나 있지만

불편한지도 모르고
내가 가고 싶은 앞길만 바라보고
정신없이 신나게 뛰어가야겠다.

불편하기 시작하면
한도 끝도 없이 불편하고
뜀박질을 할 때마다 멈칫 주저하게 될 테니까.

아예 불편한지도 까먹고
그냥 마구마구 맘대로 달리면
장애물이 있더라도 없는 듯이 느껴질 테니까.
마냥 신날 테니까.

견생 세 달짜리 쪼꼬미 포메에게
인생의 비법을 배워 간다.

내 발목 붙잡는 것들일랑
있는지도 모르고서 그저
하고 싶은 대로 신나게 살아보자!!!!!
슈우우우우우웅!

ー=≡ Σ(((つ•`v•´)つ

크기도 다채로움이니까

에바가 테이프가 필요하다고 해서 들른
베를린 골목의 작은 문방구.

거기서 고깔 모자를 뒤집은 모양의
알록달록한 상자를 여러 개 발견했다.

문방구 한가운데에 자리를 제일 많이 차지해
도대체 뭔가 했는데 에바가 설명해 주었다.

독일에서는 초등학교에 입학할 때
가족들이 학교에서 쓸 학용품을
고깔 상자에 넣어서 선물해 준다고 한다.

집에서 선물받은 고깔 상자는
등교 첫날까지 기다렸다가
학교에 가서 친구들이랑 다 같이 풀어 본다.

얼마나 귀엽고 재밌는 전통인가.
학교 첫날이 설레고 신날 것 같다.

애기들이 선물을 뜯어보며 신나 할 상상을 하며
독일 꼬꼬마들의 학교 첫날을 그려봤다.
깔깔거리며 좋아할 애기들 얼굴이 보였다.

그런데 그때 눈에 들어온다.
고깔 상자의 사이즈.

문구점에 걸려 있는
가장 작은 고깔과
가장 큰 고깔의 크기가
아홉 배 이상 차이가 났다.

슬퍼졌다.

언제쯤 우리는
크기가 중요하지 않다는 걸 깨달을까.

너무 큰 고깔을 들고 온 애기와
너무 작은 고깔을 들고 온 애기가
부디 한 교실에서 서로 비교하지 않고
그저 저마다 다른 고깔을 재밌어하며 함께 웃고 행복하길.

크고 작은 고깔들의 크기까지 모두
다채로움으로 볼 수 있는 애기들의 순수함이
등교 첫날의 행복을 지켜주길. ヽ(≧∪≦)ノ\(o^ ^o)ノ

그냥 다른 거 하면 되지

에바 부모님과 함께 저녁을 먹었다.
식기세척기에 그릇을 넣고 거실을 정리하고 있었다.

거의 마무리가 되자 다들 방으로 들어가고
거실에는 나와 아주머니만 남았다.

아주머니는 와인을 한 잔 따르며
조금 마시겠냐고 물어보셨다.

그러겠다고 하고 작은 와인잔을 들었다.
어두운 조명 아래 홀짝 한 입 마셔보니
여전히 쓰기는 하지만 향이 좋아서 미소가 지어졌다.

아주머니는 전 세계 기업 고객의 큰 행사를 기획하는 이벤트플래너 회사의 대표님이다. 이 집에 지내면서 대표로 바쁘게 사시는 아주머니의 일상을 볼 수 있었다.

와인을 한 모금 더 홀짝 들이마시고 물어보았다.

"아주머니는 오랫동안 직원을 많이 둔 회사를 성공적으로 운영해 오셨잖아요. 전 지금 하는 작은 일도 '내가 잘못해서 다 망하면 어쩌지' 하며 두려울 때가 꽤 있거든요. 이런 마음은 어떻게 떨쳐내요?"

아주머니는 고개를 끄덕끄덕하더니
가볍게 툭 한마디하셨다.

"You can always do something else!"
(망하면 다른 거 하면 되지!)

그 말을 듣자마자 뒤통수를 한 대 맞은 것 같았다.
왜 그 생각을 못 했지?

왜 이 일을 하나뿐인 동아줄처럼 붙잡고 있었지?

세상엔 직업도 많고 내가 할 수 있는 일이
이거 딱 하나뿐일 리가 없는데
왜 이게 잘못되면 내 인생 전부가
다 무너져 내릴 거라 믿고 있었지?

이 직업이 내 인생은 아닌데.
그냥 일부일 뿐인데.

만약 망해도 그냥 간단하게
방향 휙 틀어서 다른 걸 또 해보면 되지.
복잡하게 생각할 필요 없이 그게 전부지.

살다 보면 아예 예상 못 했던 새로운 길을 가게 될 때가 많다.
사실 지금 하는 일도 내 직업이 될 줄은 상상도 해본 적 없었다.
예측할 수 없고 앞을 내다볼 수 없는 게 원래 인생이다.

어쩌면 지금 목숨 걸고 평생 하겠다고 말하는 일조차도
더 멋진 다른 일을 위해 거쳐 가는 발판일 뿐일지도 모른다.

그러니 잔뜩 긴장하고서 꽉 쥐고 있을 필요 없이
놓을 때가 되면 놓을 마음으로 여유를 가지고 지금을 누리면 된다.

망하는 게 더 이상 두렵지 않아졌다.

순수한 마음을 다시 찾았다.

내가 하는 일을 통해서 사람들과 나누고 싶었던 것에
집중하면서 나의 인생에 허락되는 순간까지 최선을 다해야지.

무엇이 남든
무엇이 떠나든
내 순수한 마음만 지킨다면

항상 나를 위한 최고의 길이 열릴 테니까.

5장

지금 이 순간에만
존재해 봐

: Back in Hamburg

다시 돌아오게 되었다

유니스가 다음 주에 학교 친구들과 모여 파티를 하니까
한 번 더 놀러오라고 말했었다.

그때는 흘려들었는데 진짜 다시 가고 있다.

에바는 베를린에 일정이 있어서
나 혼자 먼 유니스 동네까지 기차를 타고 간다.
같은 칸에는 독일 아주머니 두 분이 계셨는데
그중 한 분과 친해져서 가는 내내 수다를 떨었다.
독일 북부에 사시는데 곧 가족과 휴가를 간다고 하셨다.

내려야 하는 기차역을 거의 놓칠 뻔했는데
아주머니가 먼저 아시고 서둘러 내리라고 챙겨주신 덕분에
무사히 다른 기차로 갈아탈 수 있었다.

내리자마자 역 근처의 초록색 자전거들이 보인다.

전부 무료로 대여할 수 있는 공유 자전거였다.

그 자전거를 하나 빌려 타고

마중 나온 유니스와 함께 숲길을 달렸다. °❀★.◦ ♪◦°*:·

지금을 살게 해주는 하늘 호수

너무나 사랑했던 이 호수로 290
홀린 듯이 돌아왔다.

사람이 아닌 것에 사랑에 빠질 수 있다면
이 호수가 지구에서 내 첫사랑이라고 할 수 있겠다.

두 번째 다시 온 호수는
처음 왔을 때와는 또 달랐다.
더 따뜻하고 더 환했다.

한 번 더 반해버렸다.

저번에는 흐린 회색 구름이 살짝 끼었는데
오늘은 그림처럼 햇살이 비추고
새하얀 뭉게구름과 가벼운 산들바람이 지나다녔다.
그래서 그런지 풀의 초록초록함도 더 눈에 띄었다.

삐그덕거리는 자전거를 타고 도착하니
유니스의 룸메들이랑 이전에 발코니에서 공부하던 친구들이
이미 풀밭 위에 타월을 깔고 누워 여유를 부리고 있다.

우린 소소한 얘기를
도란도란 나누다 곧 호수로 뛰어들었다.

이번에 알았다.
난 바다 수영보다
호수 수영을 더 좋아한다는 걸.

호수에서 헤엄치면 깨끗한 물만큼이나
기분도 몸도 투명해지는 느낌이다.

바다에서 수영할 때는
발가락에 자꾸만 붙는 모래도 있고
맘대로 나를 들었다 놨다 하는 파도도 있고
살 위로 소금물이 마르며 느껴지는 묘한 찝찝함도 있다.
재밌기는 하지만 휩쓸리느라 정신이 없다.

호수는 다르다.

호수는 하늘을 담고 있다.
평화롭고 고요하다.

나는 이 호수에서
제일 높은 산 정상에 올라갔을 때보다
비행기를 타고 구름 사이로 올라갔을 때보다
하늘을 더 가까이 만져보고 안아봤다.

맑은 호수에는 하늘이 비쳐서
거울처럼 그대로 하늘이 담겨 있는데

파도 같은 물살의 움직임이 전혀 없어서
하늘이 호수 위에서 사라지지 않고 그대로 있다.

그래서 수영을 하다 보면
꼭 하늘을 가로질러 헤엄치는 기분이 든다.

몸을 뒤집어 누운 채 가만히 둥둥 떠 있으면
귀는 물에 잠겨 아무 소리도 들리지 않고 고요하다.
시선은 완전히 하늘로 향해 꼭 하늘에 내가 담겨 있는 것 같다.

하지만 이내 내 몸마저 스르륵 사라지고
하늘만 남아 있는 기분이 든다.

모든 감각을 물과 하늘에 집중하니
지금 이 시간을, 현재를, 그리고 내 존재를 온전히 느끼게 된다.

호수에서 실컷 수영하다 나와서 우리는
옷이 마를 때까지 타월 위에 누워 있기로 했다.
하지만 반쯤 말랐을 때 조금 심심해져서 공놀이를 하기 시작했다.

정말 아무런 걱정 없이 아무런 긴장 없이
스치는 생각 한 줌조차 모두 흘려보내고
미래도 과거도 없이 지금 이 순간에
오롯이 존재해서 너무나 행복했다.

호수가 내게 가장 행복하고
가장 낭만적인 첫사랑이 된 이유는
오로지 지금 이 순간에 존재하도록
마법을 걸어주기 때문이다.

미래의 걱정도 과거의 상처도 아닌
오직 현재를 살게 해주기 때문이다.

숨 쉬는 지금 이 순간이 전부가 되었을 때 나는
그 어떤 다른 것이 내 전부였을 때보다 행복했다.

★.⁺ ·ₒ⁺𝄢○☾ₒ·⁺ ·★

곧 해가 지려 하는데
유니스가 나가자며 얼른 준비를 하라고 한다.

밤에 외출할 줄 모르고 겨우 크롭 티 하나 달랑 가지고 왔는데.
추위에 떨면서 다녀야 하나 걱정했는데 유니스의 룸메들이 옷을
빌려주겠다며 이것저것 건네준다. 덕분에 청재킷에 긴바지까지
갖춰 입고 집을 나섰다.

독일의 시골 마을에서는 어디에 모여 노는지 궁금했다. 숨겨진
클럽 같은 데가 있는 걸까? 클럽 한번 제대로 가본 적 없는 내가
드디어 클럽 입문을 하는 건가. 유니스를 따라가 도착한 곳은,

응?

정말 여기가 맞는 거야?

강 위로 예쁘고 작은 다리가 하나 있는데 대학생들이 다 거기에
모여 앉아 있다. 가로등도 몇 개 없어서 눈을 부릅떠도 어두컴컴
하다. 다들 손에 술병 하나씩 들고 떠들며 놀고 있다.

분위기만큼은 시끌벅적 그 자체였다. 핵인싸인 내 친구 유니스
덕분에 채 5분도 안 돼서 열 명도 넘게 인사했다. 독일인 학생들
이 제일 많았고 프랑스, 벨기에, 이집트 친구들도 만났다.

보통 작은 맥주병을 들고 있었는데
유니스는 집에서부터 샴페인을 들고 왔다.
언제 따려고 옆구리에 계속 끼고 있나 했더니 드디어 꺼낸다.

"I brought this for you!"
(이건 널 환영하는 의미로 가져왔어!)

모두가 모인 곳에서 샴페인을 막 흔들어 뚜껑을 탁 땄다.
치이이이이이이이이이이익! 샴페인이 폭죽처럼 뿜어져 나왔다.

다들 병을 잡고 돌아가며 한 모금씩 마셨다. 나를 위한 샴페인일
줄이야. 혼자 열심히 여기까지 들고 왔던 이유가 이거였구나. 유
니스에게 감동의 포옹을 날렸다.

길 한쪽에 갑자기 사람들이 모인다.
무슨 게임을 한다는데 우리도 꼈다.

설명을 들어보니 독일에서 대학생들이 많이 하는 게임이란다.
가운데 빈 술병을 하나 두고 두 팀으로 나눠서 번갈아 가며 신
발로 병을 맞힌다. 병을 쓰러뜨리면 각자 손에 들고 있던 맥주를
빨리 마셔야 한다. 모든 팀원이 맥주를 한 방울도 남김없이 먼저
마시면 이긴다.

워낙 파티를 잘 안 다녀서 이 게임이
거의 내 인생 첫 술게임이었다.

내가 던진 신발은 백이면 백

전부 비껴 나갔지만 마냥 웃기기만 했다.

갑자기 어떤 애가 벽을 타기 시작했다. 가로등을 지지대 삼아 맨
손으로 거의 3층 높이만큼 올라갔다. 진짜로 스파이더맨인가. 입
이 떡 벌어질 정도로 신기하고 웃겼지만 이제 여길 떠나야겠다
싶어 킁킁거리며 유니스랑 같이 자리를 옮겼다. 300

나는 언제나 모범생이었다.

남들이 신나게 놀고 연애할 때

술은 입에도 안 대고 데이트도 대부분 거절하면서

더 나은 나중를 위해 해야 하는 일만 생각하며 매일을 채웠다.

흔한 파티 한번 제대로 즐겨본 적이 별로 없다.

너무 재밌게 사는 것 같거나

생각 없이 흘러가는 대로 사는 애들을 보면

저러다 나중에 후회할 텐데 속으로 쯧쯧거리기도 했다.

근데 후회는 내가 하고 있다.

그 시절의 내가 있었기에
지금의 내가 있어 감사하지만

오늘처럼 친구들과 술에 가볍게 취해도 보고
살짝 미친 짓도 해보며 웃어도 보고
철없이 조금 풀어져 살아봤다면
어땠을까 하는 생각이 들었다.

완벽함을 위해 딱딱하게 살기보단
살짝 허술하더라도 유연하게 살면서
미래의 나보다 오늘의 내가 행복한지
한 번씩 살펴보면서 지내왔다면 어땠을지 말이다.

아무리 화려한 성적표라도
지금 이 시절에만 누릴 수 있는 특별한 경험과
비교하면 어디 견줄 수나 있을까?

한순간 지나가 버리기에
놓치면 다시 누릴 수 없는 것은
천금 만금을 벌어도 절대 되돌릴 수 없기 때문이다.

지금 보니 모든 모범생이 행복하게 살지도 않고
모든 꼴등이 불행하게 살지도 않는다.
놀랍게도 반대인 경우도 많다. 엄청.

뭘 좀 아는 어른인 척
인생을 아주 심각하게 살며
깊이 있는 삶을 살려고 애썼는데

인생은 생각보다 그렇게 깊지 않았다.

오히려 아주 가볍고 얕아서
철없는 애처럼 살아도 넉넉했다.

가벼운 마음으로 뭐든지 다 경험해 보고
이따금씩 작은 사고도 쳐보고

끌리는 대로 하고 싶은 대로 해보고

늦지 않았으니
이제라도 철없이 살아야겠다.

살아남기 위해 사는 게 아니라
제대로 살기 위해 살아보고 싶으니까.

철없다는 소리를 듣더라도
그렇
    게　살 아

        봐

          야

        겠

              다.

                (ᗫ｡ᵕᴗᵕ｡)ᗩ

파티하러 나가기 전에 셀카 한장 ★

껍데기 너머 너를 보니까

남녀 사이에는 친구가 없다고들 하지만
난 진짜로 있다고 믿는다.

주방이 하나
화장실이 하나
발코니가 하나인 집에서

내 친구 유니스는 남자인데
두 명의 룸메이트와 같이 산다.

남자 한 명에 여자 두 명이다.
여기서는 흔하게 남녀가 섞여 살아서
조금도 놀랄 일이 아니다.

남자친구가 있는 룸메이트도 있지만
본인도 남자친구도 유니스를 신경 쓰지 않는다.

나 역시 혼자 와서도 유니스 방에서 지낸다.
룸메이트가 매트리스를 하나 빌려줘서
한 명은 침대에서 자고 한 명은 매트리스에서 잔다.
마치 호스텔에서 묵는 것처럼 같이 지낸다.
내가 유니스의 방에서 지내는 건 당연했다.

우리는 남녀 사이지만
분명 완전한 친구였다.

남녀 사이에 친구가 불가능한 시절도 있다고 생각한다.
이성적인 감정이 아직 새로운 나이에는
서로 달라서 신기하고 설레니까 성별만 달라도
동성 친구와 같은 감정으로 바라볼 수가 없기도 하다.

하지만 차차 남녀 사이에 사랑의 감정도 있지만
플라토닉한 우정의 감정도 존재한다는 걸 배운다.

우리가 지니고 사는 이 몸,
이 껍데기에는 여러 가지 정체성이 보인다.

성별도 보이고
인종도 보이고
유전자도 보인다.

그런데 우리의 존재는
껍데기가 전부가 아니다.

정말 각별하고 아끼는 친구가
한국인이다가 갑자기 프랑스인이 된다고
갑자기 더 이상 내 친구가 아니어지지 않는다.

한국인이든 프랑스인이든 외계인이든
친구와 내가 나눈 마음은 변하지 않기 때문이다.
우린 여전히 바보 같은 농담을 하며 깔깔 웃고
힘든 일이 있다면 서로 부여잡고 토닥이며 엉엉 운다.
우리가 통한 마음에는 국적이 끼어들지 않는다.

진정한 우정은
껍데기와 맺는 관계가 아니라
껍데기 안에 들어 있는 영혼과 맺는 관계다.

육체적인 눈이 아니라
마음의 눈으로 보면

껍데기 너머로
그 사람의 영혼이 보인다.

남자란 정체성도 여자란 정체성도 사라지고
순수하게 아름다운 진짜 그 사람을 만난다.

그때부터 우리의 영혼만큼이나 아름다운
소중하고 예쁜 우정이 시작된다.

그래도 남녀 사이엔 친구가 없다고 한다면,
전 그것도 맞는 말이라고 생각합니다! ٩(｡•‿•｡)۶

우리스 밝은 방그니 바로 옆에 있지 ✎

벌레가 처음으로 귀여웠다

평생 벌레를 무서워하며 살아왔다.
아주아주 무서워하며 살았다.

먼지 없이 닦아놓은 방바닥에
벌레 한 마리가 보이면
말도 안 되는 일이 벌어진 것처럼
온 집안을 뒤집어 벌레를 잡으려고
생난리를 피우는 게 당연했다.

그러다 독일 시골 구석의
나무로 둘러싸인 친구네 집에서
지낸 지 이틀이 지난 아침.

초록초록한 발코니에 앉아
책을 읽다가 내 발 옆으로
쪼르르 지나가는 벌레를 보았다.

나무로 된 투박한 발코니 바닥 위를
지나가는 손톱만 한 작은 벌레는,

새가 앉아 있고 잎파리가 늘어진
풍경과 참 잘 어울리고
마냥 자연스럽기만 했다.

너무 자연스러워서 나조차
아무렇지도 않게 벌레가 지나가는 길을
그냥 조용히 바라보고 있었다.

무섭다고 소리 한번 꺅 지르지 않고
움찔거리며 자리를 옮기지도 않고
벌레를 있는 그대로 놔두었다.

당연히 무서운 거라고 생각하며 살았는데
이렇게까지 안 무서울 수 있다니.
그것도 갑자기 이렇듯 쉽게?

불쌍한 벌레는 아무 잘못이 없었다.

하늘은 매연으로 가득 차 더러워도

아파트 복도는 뺀드르르하게 깨끗한
참 이상한 도시에 살면서

지나가는 벌레를 무서워하는 무서움을
나 스스로 만들어냈을 뿐.

그저 자연의 일부였던 벌레를
뭘 그리 원수 취급 하면서
죽이려고만 난리 쳤을까.

눈을 비비고 보면
내가 믿어왔던 것과는 다르게

의외로 놀라운 것도 아니고
무서운 건 더더욱 아닌 것들이
세상에 엄청 많을지도 모르겠다.

내 마음속이 문제였는데
애꿎은 남 탓만 하고 있지는 않았나.

어떤 무서운 것은
싸워 이겨내려 하기보다

인위적인 노력을 버리고
그저 자연스럽게 둔 채로 바라보면
아무렇지 않아지면서 받아들이게 된다.

마음이 고요해지니까
아무렇지 않게 받아들이게 된다.

자연의 일부로 벌레를 자연스레 받아들이고
삶의 일부로 고통도 자연스레 받아들이고.

받아들이는 것이 많아질수록

무서운 것이 줄어들고

평온한 마음이 더 많이 찾아온다.

평화로운 모습,

그게 진짜 우리의 모습이다. + ✦ ✧ ✦ °.

양치질을 하면 소원이 이뤄져요

친구들이 학교에 먼저 가고
혼자 늦게 일어나 양치를 하는데
콧노래가 절로 나온다.

오랫동안 까먹고 있었다.

왜 내가 돈을 버는지
왜 내가 공부를 하는지
왜 내가 발전하려고 하는지.

오늘의 할 일을 주르륵 담은
끝도 없는 리스트를 적었는데
거기에 무엇이 빠져 있는지.

□ 행복하기

사실 돈을 버는 거나
아등바등 발전하려는 거나
결국은 다 행복하려고 하는 일인데

어느새 행복은 내 리스트의
그 어떤 목표에서도 빠져 있었다.

행복하려고 목표를 이루는 게 아니라
그저 목표를 이루기 위해서만 살고 있었다.
심지어 목표를 위한 목표를 세우고 있었다.

솔직히 당장 내일 죽을지도 모르는 게 인생인데
미라클모닝만 계속 도전하다가 가면
너무 억울하지 않겠나.

오늘 해야 할 일 리스트를 바꾸었다.
매일매일 스케줄러 맨 위에 쓰던

일찍 일어나기를 착 지우고
'행복하기'를 적었다.

그걸 지키기 위해
지금 있는 걸로 최대한 행복할 수 있는 요령을 찾아냈다.

내가 하는 모든 일을
재밌게 하는 것이다.

동심 소환하기.

마음을 꼬꼬마 시절로
돌려놓는다.

한때는 양치질도 신기하고
재밌을 때가 있지 않았나.

어릴 적 맨날 아빠가 닦아주다가
처음으로 스스로 양치를 해봤을 때

쓱쓱싹싹 칫솔을 움직이는 게 너무 재밌었다.

어린 나에게 내 손으로 하는 치카치카는
해야 하는 일이 아니라 한번 해보는 경험이었기 때문이다.

나의 모든 일상을 그렇게 살기 시작했다.

맨날 하는 세수도 해야 하는 일이 아니라
꼭 하고픈 일을 처음 해보는 것처럼
물이 얼굴에 닿는 걸 느끼며 재밌어해 보고

청소도 제발 하지 말라고 누가 말리는데
장난꾸러기처럼 이리저리 닦는 척 즐겁게 해보고

해야 하는 일조차도 어른들이 잠깐 맡겨서
한번 해보는 것처럼 책임도 부담감도 없이 재밌게 해봤다.

겪는 일마다 재밌다고 외치고
하는 일마다 해볼 수 있어 감사하다고 외쳤다.

하루가 지나고
이틀이 지나고 사흘이 지나자
에너지가 서서히 바뀌었다.

또 하루를 버텨야 한다는 사실에
눈뜨면서부터 좌절했는데

새로운 하루가 시작된다는 사실에
신나고 설레기 시작했다.

볼을 스치는 바람결이 느껴지고
하늘빛이 눈에 들어오기 시작했다.

그리고 신기한 일은
그때부터 나도 모르게
행복하기 말고도 적어놓았던
다른 목표를 하나씩 이루어냈다는 것이다.

어른이 되면 철들고 무게감도 있어야

무서운 세상을 살아갈 수 있다고 했는데
아무래도 정반대인 것 같다.

아주 무게감 있게도 살아보고
세상 심각하게도 살아봤는데
내 인생은 점점 무겁고 어려워지기만 했다.

철없고 해맑고 천진난만하게
행복만을 좇으며 인생을 만만하게 바라봤더니
인생도 나한테 길들여져서 만만해졌다.

소원 리스트에 적어놓았던 일들이
하나씩 알아서 나를 따라와 주었다.

아무 걱정 할 필요 없다.

그냥 양치 하나 끝내주게 재밌게 할 줄 알고
오늘 하늘 색깔이 어떤지 올려다보고 감탄할 줄 알면
달에 빌었던 소원들이 나도 모르는 사이에 이루어진다.

이렇게 인생이 쉽고 재밌는 거였다니.

치카치카치카 (╱╲◡╲╱)

언제나 행복이 먼저니까 ♡

서로가 서로에게

최고의 시간이었다.
인생의 가장 행복한 추억 중 하나로
꼽을 수 있지 않을까 할 만큼.

이곳에서의 마지막 한 끼를
유니스가 다니는 학교 다이닝홀
야외 테라스에서 먹기로 했다.

같이 밥을 먹으면서
처음 만난 사람들도 있어 신나게
이런저런 얘기도 나누고 있었다.

그때 새파랗던 하늘에 구름이 덮이더니
비가 후드득 쏟아지기 시작했다.

비뿐만이 아니라 바람까지 거세서
꼭 태풍이 몰아치는 것 같았다.

돌아가는 기차역까지
유니스가 자전거를 태워주려고 했는데
자전거로 가는 건 이미 물 건너갔고

멀리 있는 버스 정류장까지 쓰고 갈
우산조차 없는 상태였다.

대학생이니 보통 걷거나 자전거를 타고 다녔고
자연환경을 공부하는 친구들이 대부분인 학교라
차를 소유하지 않는 문화이기도 했다.

쫄딱 젖는 수밖에 없구나.
체념하고 이제 베를린으로 돌아가기 위해

방금 같이 밥을 먹은 친구들과 작별 인사를 나눴다.

그때, 그중 눈이 엄청 큰 친구 하나가
차를 가지고 왔다며 기차역까지 태워주겠다고
나한테 슬쩍 말하는 거다.

우아! 이 얼마나 완벽한 타이밍인가.

날씨 한번 미리 체크한 적 없고
가는 길도 오는 길도 미리 계획한 적 없었는데
비가 오니 우주에서 알아서 내게 차를 한 대 보내준다.

이 독일 시골 구석에서
진짜 행복을 찾아가는 최고의 시간을 보내는 동안
처음부터 끝까지 모든 일이 알아서 이뤄졌다.

그리고 그 대부분은 항상 누군가의
작은 친절과 베풂 덕분이었다.

한 명 한 명의 조그만 친절이 모여
계획하지 않은 내 여행의 완벽한 가이드가 되었다.

지금 빨리 내리라고 정류장을 알려주신 아주머니.
흔쾌히 나를 재워준 에바와 유니스.
처음 보는 나에게 이불에 옷까지 빌려준 룸메.
우리에게 파티가 어디서 열리는지 알려준 학생.
방금 만난 날 기차역까지 태워준다는 친구.

나를 책임져 주는 우주의 큰 계획은
가장 작고 사소한 손길이 모여서 만들어진 게 아닐까.

우리가 인생을 믿고 그저 두려움 없이 살면서
타인에게 작은 도움 줄 순간을 그냥 지나치지 않을 때
내 삶도 알아서 조화롭게 흘러가도록 책임져지는 게 아닐까.

우리는 서로서로에게 우주였던 것이다.

스페이스ㅇㅇㅇㅇㅇㅇ ☆₊˚.⋆☾⋆⁺₊✧

보송보송하게 젖은 내 옷

비 쏟아지는 날 차까지 얻어 타서
우산도 없는데 뽀송뽀송하게 기차역까지
편하게 갈 수 있겠구나 좋아하고 있었다.

하지만 역시나
세상은 호락호락하지 않았다.

편하게 가나 싶었더니
완전 정반대 현실이 나를 기다리고 있었다.

일단 주차장이 당연히 바로 앞에 있는 줄 알았는데
학교에서 한 십 분은 걸은 것 같다.

폭풍우를 쫄딱 맞으며 걸어갔으니 당연히 차에 타기도 전에
이미 머리는 샤워기로 마구 뿌린 듯 완전히 젖어버렸다.

여기 친구들은 차를 타는 건 비를 안 맞기 위함이 아니라
자전거 타는 귀찮음을 피하는 정도의 옵션으로 생각하는 듯했다.

언제 또 이렇게 시원하게 비를 맞아보겠어.
유럽에 와서 처음 겪는 일도 아니고
앞선 친구를 따라가며 나도 그냥 비에 몸을 맡겼다.

뒤따라 걷는데 자꾸만 피식피식 웃음이 튀어나왔다.

역에 도착해서는 수건을 꺼내 머리를 닦고 옷도 갈아입었다.
축축해진 신발도 벗어서 기차를 기다리는 동안 말려놓았다.

어느새 구름이 싹 걷히고
언제 그랬냐는 듯 햇살이 반짝인다.
신발도 많이 말라서 이제는 편안하게 가겠다 싶었다.

그런데 그 평화는 오래가지 않았다.

기차를 타고 아주 한적한 시골역에 내렸다. 여기서 이제 베를린 행 큰 기차로 갈아타 쭉 가면 됐다. 기찻길 옆 풀밭에 앉아 기다 리는데 갑자기 독일어로 뭐라뭐라 안내 방송이 나오더니 사람들 이 일제히 어디론가 뛰쳐나가기 시작했다.

너무 외딴 시골이라 그런지 영어 방송이 안 나왔다. 뛰어가는 사 람들을 보며 패닉이 왔다. 일단 누구한테라도 물어보자. 다급하 게 짐을 챙겨 떠나려는 독일 언니에게 무슨 상황인지 물어봤다.

언니가 말하기를 기차가 오다 작은 사고가 나서
오늘 이 역에는 베를린행 기차가 아예 안 온다는 것이다!

말도 안 통하고 풀밖에 없는 독일 깡촌에서
국제 미아가 되는 줄 알았다.

근데 신기하게 위기가 닥치면
언제나 빠져나갈 구멍이 같이 생긴다.

아까 물어봤던 그 언니가 마침 나랑 똑같이
베를린역으로 간다는 게 아닌가.

언니가 자기를 따라와도 된다고 해서 언니 뒤꽁무니를 쫓아 나
도 막 뛰었다. 반대편 기차역으로 빨리 가야 한단다. 헐떡이며
미친 듯이 뛰었다. 만약 반대편 기차를 놓치면 진짜 오늘은 베
를린에 못 간다. 그래서 아까 다들 안내 방송을 듣자마자 그렇게
뛰었구나.

우린 다행히 아슬아슬하게 기차도 탔고 심지어 운 좋게
빈 좌석까지 나란히 두 자리가 있어서 함께 앉았다.

알고 보니 초동안이었던 이 언니는
유니스가 다니는 대학교에서 근무하고 퇴근하던 교수님이었다.

45분 정도 타고 다른 지역의 큰 기차역에 내렸다.
내리자마자 또 미친 듯이 뛰어 겨우겨우 베를린행 기차에 올라
탔다. 와, 드디어 안전하게 돌아가는구나! 정말 다행이다!

근데 얼마 지나지 않아,

또다시 어이없는 웃음을 터뜨릴 수밖에 없었다.

기차를 세 번 갈아타고 힘들게 올라탄 이 베를린행 기차가

아까 안내 방송을 들었던 그 패닉의 시골 기차역에 멈춰서

역에 남겨져 있던 승객들을 다 태워 가는 것이다. 아무것도 안

하고 가만히 있었어도 같은 기차를 탔으리란 얘기다.

그리고 더 웃긴 일은

이 베를린행 기차가 원래 내가 타려던 기차보다 훨씬 더 빠르고

비싼 직행열차라서 애초에 취소된 기차를 탔을 때보다 오히려

더 빨리 도착했다는 것이다. 우리는 취소된 기차 때문에 탄 거라

비싼 추가 요금을 내지 않아도 되었다.

정말 돌아오는 길은 난리 그 자체였다.

평탄한 순간 하나 없었고

날씨부터 기차까지 전부 말썽이었다.

근데 이런 일이 진짜 추억이고
진짜 재미구나 싶었다.

역에 혼자 가만히 앉아 있다 오느니
기차를 세 번씩 갈아타면서 숨차게 뛰기도 하고
그 와중에 새로운 사람도 만나는 편이 더 좋았다.

그래서 인생에 굴곡이 있는 게
나쁜 일만은 아닌가 보다.

삶의 아이러니에 때로는 노력이 부질없음을 배우고
때로는 어이가 없어서 껄껄껄 웃기도 하며
그 사이에 예상 못 한 인연도 만나고
다양한 에피소드를 쌓으며 사는 재미.

사실 우린 그 재미를 위해 사는 거다.
여러 경험을 해보기 위해 사는 거다.

별일 없고 아주 편안하게
맛있는 음식 잘 먹다 온 여행 얘기는
매번 들으면 너무 지루할 텐데

기차 하나 타는 데도 이런 어이없고
웃기고 급박한 얘기가 있으면
언제 들어도 너무 재밌는 여행이지 않겠는가.

어차피 언젠가 떠나서 돌아갈 여행인데
오고 가다 고생 좀 하고 길 좀 잃으면 어떤가.
좋은 인연을 만나고 재밌는 일을 경험한다면
평탄하지 않은 여행이라도 난 선택하겠다.

내 작은 인생도,
다사다난하더라도 기억할 거리가 많고
가끔 포기하고 싶더라도 울고 웃었던 이야기가 넘쳐나는
너무나 재밌던 여행으로 만들어야겠다.

언젠가 끝나는 여행이기에 무슨 일이 일어나도 재밌는 것처럼

언젠가 끝나는 인생이기에 무슨 일이 일어나도
그저 재밌을 뿐이니까. ✈

뒤에 놓아도 찾아도 또다시 후충충후충하게 미끄럽는 날이 와. *。

많은 추억이 남는 인생으로 ☺

베를린으로 돌아가는 기차

그렇게 부산스럽게 겨우 기차에 올라타고도
창밖으로 보이는 석양은 숨도 고르기 전에 눈에 들어왔다.
나도 모르게 넋을 놓고 보고 있었다.

노을 지는 하늘은

암스트레담에서 탄
버스 안에서 봐도 아름다웠고

서울에서 탄
지하철 안에서 봐도 아름다웠고

베를린으로 가는
기차 안에서 봐도 똑같이 아름답다.

그 어느 곳에서도
아름다움이 단 한 줌도 덜어지지 않고

똑같이 가만히 바라보게 되는
똑같이 감동하는 붉은빛이다.

세상은 넓고
볼 것도 경험할 것도 많다.

유럽에 놀러 와서
이리 방방 뛰고 저리 방방 뛰며
새로운 걸 볼 때마다 신나했다.

하지만
신기하고 새로운 것보다도
매일 보는 노을이

우리의 마음을 매번 더 감동시키는
아름다움을 담고 있나 보다.

내 세상과 다른 많은 것을 보고 느끼다 보면
어떤 건 맘에 쏙 들어도 어떤 건 맘에 안 들 수밖에 없는 게
사람의 마음이고 취향도 다 다른 우리들인데

348

아무리 새로운 곳에서 보아도
노을 지는 풍경은 참 잔잔하게

고개 돌리는 사람 하나 없이 모두가
그 아름다움을 함께 바라보게 만든다.

모든 걸 뛰어넘어 언제나
우리 모두의 마음까지 닿는 아름다움은,
새로움에 팍 솟구치는 짜릿한 설렘이 아니라
저렇게 잔잔하고 변치 않는 따뜻한 빛인가 보다.

저 빛을 품고 살아가고 싶다. +°÷ ᄋ

6장

꿈은 꾸기만 하면
이루어져

: Alps

봉 생겨나버린 비행기표

분명 지난주까지만 해도
이 비행기표는 없었는데?

에바가 다다음주에 가족여행으로 이탈리아에 가는데
나도 일주일 정도 같이 지내다 가라고 이야기했다.
가기가 조금 망설여졌다.

남의 가족여행에 껴서 가기도 부담스러웠고 유럽에 온 지 한 달
이 되어가 이쯤에서 집에 돌아갈까 싶었다. 그리고 에바가 가는
곳은 이탈리아의 작은 마을이라 그 지역의 공항에서 서울까지
가는 항공편이 거의 없었다. 그나마도 환승을 따로따로 직접 끊
거나 저가 항공을 비싸게 이용해야 했다.

그런데 가만 생각해 보니
안 갈 이유가 없다.

어차피 돌아갈 날짜가 정해진 것도 아니고
흘러가는 대로 여행을 하기로 마음먹고 왔는데.

익숙한 것만 하고 싶은
내 습관이 다시 올라오나 보다.

가보자.

이 또한 우주에서 짜주는 여행 계획이겠지.
흐름에 맡기기로 했으니 복잡한 항공편은
어떻게 되든 신경 끄고 일단 가보자.

에바에게 같이 가겠다고 하니
후회 없을 거라며 너무너무 좋아했다.

하지만 현실적인 문제는 남아 있었다.

돌아가는 항공편은 어쩌지.

이미 전에 여러 번 검색해 보아서 알고 있었다.

내가 올 때 탔던 카타르항공이 자리가 넓고 편해서 갈 때도 꼭
타고 싶었다. 하지만 여기서 끊을 수 있는 항공편 자체가 없어서
일단 그건 무조건 불가능했다. 서울로 가는 적당한 가격의 항공
편이 있다면 아무거나 타야겠다.

딸깍.

희망은 없지만 그래도 무슨 마음에서인지
마지막으로 다시 한번 카타르항공 홈페이지에 들어가 보았다.
어? 우리는 둘 다 깜짝 놀라 소리를 질렀다.

생겼다.
이탈리아 시골 마을에서 카타르항공으로 서울에 가는 항공편이.
그것도 딱 내가 떠나는 날에. 그것도 그날만 아주 싼 가격으로.

정말 여행의 마무리까지 책임져 주나 보다.

오는 것도 무모하게 가는 것도 무모하게
길이 열리는 대로 일단 발을 내디디니
나머지는 알아서 풀렸다. 계속. 또 계속. 또 다시.

여행의 모든 순간에서 느낀 행운들이
더 이상 그저 운이 아닌 것 같다.
온 세상이 날 의도적으로 도와주고 있는 게 분명하다.

기대니까 기댈 곳이 생기고
의지하니까 의지할 곳이 생겼다.

안간힘을 쓰지 않아도 되었다.

열심히 준비해서 갔던 그 어떤 여행보다
더 완벽하게 흘러가고 있었다.

이번 유럽 여행은 꼭
우주에 인생 맡기고 살아보기 체험판 같다.

사실 인생 역시 여행이지 않나.
잠시 머물렀다가 언젠가 떠나는 것이 여행이듯
우리 역시 언젠가 맞이할 죽음의 순간까지
이 지구에서 여행자처럼 살다가 간다.

영원한 것처럼 살지만
영원하지 않은 여행이 인생이다.

내 유럽 여행과 내 인생 전체는 별다를 바가 없었다.
그럼 까짓거 이번 여행처럼 내 인생도 우주에 맡겨볼까 보다.

조금 더 긴 여행이 되겠지만 역시나 내가 계획하는 것보다
훨씬 더 멋지고 환상적인 길로 안내해 줄 것 같다.

베를린에서 이탈리아로 출발하는 차에 짐을 싣는 그길로
삶의 방식을 완전히 바꾸기로 마음먹었다. ☆♬ +˚.

2박 3일 동안 독일을 지나 알프스산맥을 건너
이탈리아로 가는 장장 19시간 로드트립 시작 ★·

아주 당연한 에메랄드 타운

태어나서 본 물 색깔 중에
가장 에메랄드빛이었다.

슬리퍼 신고 나오길 잘했다.
휙휙 던져버리고 발을 담갔다.
발끝에 느껴지는 차가움까지
에메랄드색인 것 같았다.

건너편에는 붉은 지붕의 집이
여럿 모여 있는 마을이 보인다.
배를 타고 왔다 갔다 해야 한다.

동화책 속에 나오는 그림 같은 마을이 진짜 있다니.

저 마을에서 사는 삶은 어떨까?

저기서 태어나고 자란다는 건
어떤지 너무 궁금해졌다.

저렇게 작은 마을에서
이렇게 아름다운 호수를 앞에 두고.

저 멀리 보니 중학생쯤 되어 보이는
남자애들 다섯이 자기들끼리 모여
호수에서 신나게 수영을 하고 있었다.
주변에 보호자도 없고 옷차림을 보니
아마 이 동네에 사는 애들 같다.

말도 안 되게 아름다운 이 풍경이,
나는 비행기를 타고 거의 하루를 날아와야
겨우 보는 이 호수의 에메랄드 색깔이
저 애들에게는 너무나도 당연하겠지.

나무로 둘러쌓인 조용하고 한적한 삶도
대부분 빨간색인 아기자기한 지붕들도
배를 타고 왔다 갔다 하는 일도 너무 당연하겠지.

고층 빌딩 사이 지하철이 익숙한 나에겐
하나도 당연하지 않은데
그들에겐 너무나도 당연하고

나에게 너무나도 당연한 많은 것이
그들에겐 너무나도 황당할 것이다.

당연함에 대한 우리 생각의 차이는
이 커다란 호수보다도 백 배는 크게 날 거다.

친구들과 학교 끝나고 노는 곳부터
여름방학을 보내는 방법까지
매일매일을 다르게 보내며 컸으니까
우리의 당연함이 똑같을 수는 없다.

얼마나 다른지는 다시 태어나서
직접 살아보지 않고는 절대 정확히 모를 거다.

하지만 어떤 당연함이 나을까?
어떤 당연함이 맞을까?

내가 아는 당연함이랑 잘 맞아야지만
그렇지 그렇지 고개를 끄덕인다면
그보다 좁은 인생은 없을 것이다.

이 마을이 한적한 것은
내 기준에서의 한적함이지
여기 주민의 기준에는 평범한 일상이다.

여기가 한적한지 아닌지를 놓고
싸우기 시작한다면 우리는 그저
멍청한 바보 두 마리가 될 뿐이다.

사실 난 이 마을을 눈으로 보기 전까지
이런 마을의 일상이라는 건 상상조차 해보지 않았다.
이번에 처음으로 머릿속으로나마 그려보았다.

세상에는 내가 상상의 끝에도 그려보지 못한
다른 삶의 방식이 존재하기에

때로는 나의 당연함에 전혀 미치지 못해도
백번 이해해 보려고 했지만 여전히 고개가 갸우뚱해도
그들만의 당연함이려니 하고 고개를 끄덕이며 존중해야 한다.

내 작은 인생이 차마 닿지 못한
영역임을 알고서 그냥 이렇게 말하면 된다.

우와, 나의 세상이 참 작네.
너의 세상은 나한테 새로워!

아무 판단도
기준도 없이 말이다. (/^ㄱ^)/*: ·˚

친구와 쓰는 불편한 한 침대

아무리 친한 친구라도
같은 방에서 자려면
왠지 불편해서 잠을 설쳤다.

십 년씩 알고 지낸 오랜 친구도
몇 달 못 보다가 만나면
어색해서 낯가리는 내가

일 년 만에 다시 만나는
에바랑 매일 한 침대에서
그것도 처음 와보는 낯선 곳에서
같이 지내야 한다니.
과연 내가 얼마나 버틸까?

하루, 이틀, 삼일, 사일…
11일, 20일, 26일…

놀랍게도 나는
첫날부터 꿀잠만 쿨쿨 잤다.

친구랑 좁은 침대를 쓰든
넓은 침대를 쓰든 아주 편하게 잤다.

도대체 무슨 일이 일어난 거지?
이게 가능하리라고는 생각도 못 했다.
요즘 나의 변한 모습들에 매번 놀란다.

사실 유럽으로 여행을 오기 전에
처음으로 내 마음을 공부하기 시작했다.

꾹 참고 미래를 향해 달리는 거 말고
힘든 과거를 못 본 척 웃는 거 말고

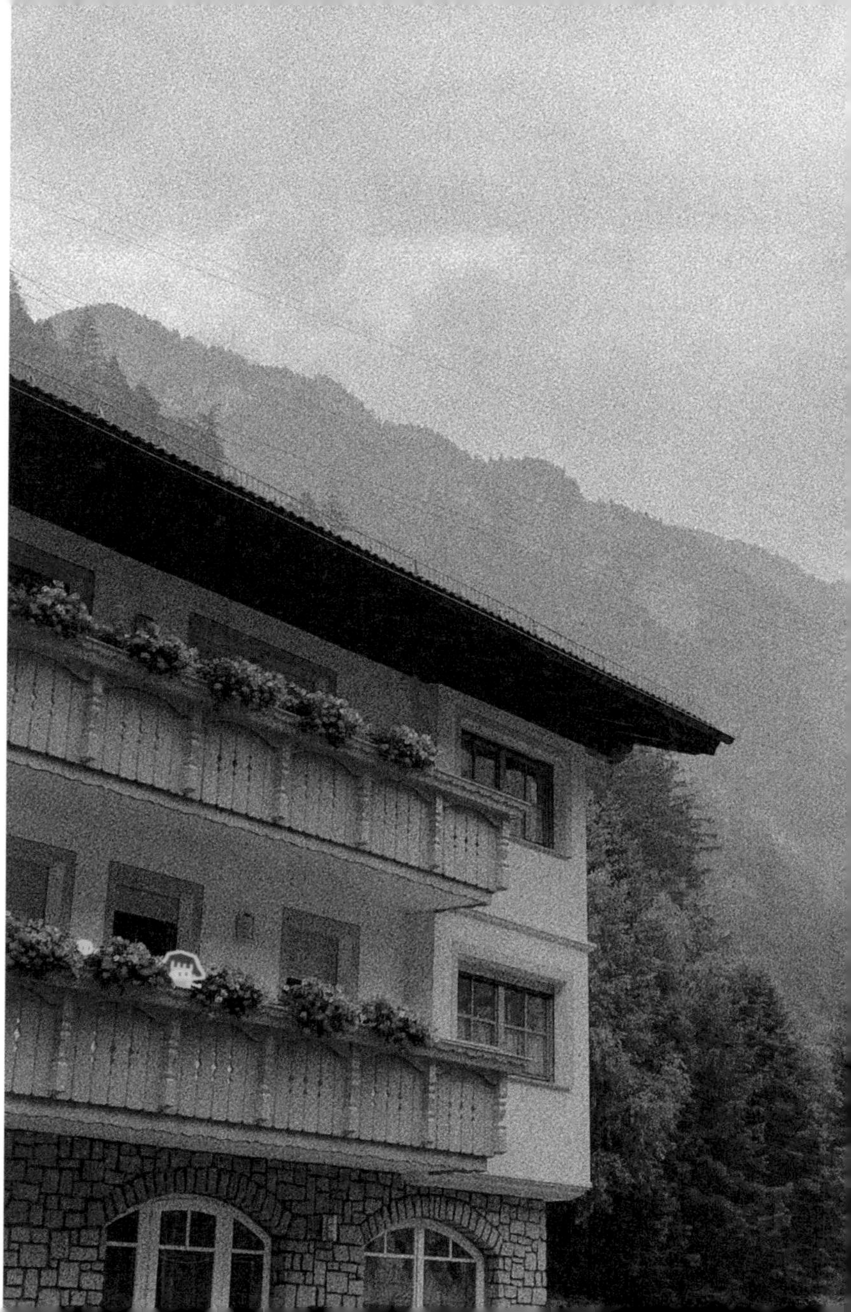

알프스산맥 안에 자리 잡은 우리 숙소

내 마음에 지금 있는 것들이
진짜로 어떤 모습인지 들여다보았다.

별거 아니라고 생각해서 외면하고
지냈던 상처들을 하나씩 들여다보니
방치해 둔 바람에 더 깊이 곪아 있었다.

상처를 들추면서 많이 울기도 하고
괜히 들춰냈나 후회할 때도 있었다.
그럼에도 하나씩 알아주고 살펴봐 주니
천천히 새살이 돋아 치유되기 시작했다.

나에 대해서도 제대로 알아가기 시작했다.

남들이 말하는 내 모습도
내가 믿고 있었던 내 모습도
내가 믿고 싶었던 내 모습도 아닌
진짜 있는 그대로의 내 모습.

생각보다 부족한 점도 많았고
생각보다 멋있는 점도 많았다.
모두 다 솔직하게 바라보며 인정하고
사랑해 주기로 마음먹고 토닥였다.

적어도 이 세상에 나만큼은,
내 모습을 있는 그대로
오롯이 사랑해 주기로 했다.

이 작은 변화가
진짜 나를 깨어나게 했다.

집순이였던 내가 매일 밖에 나가
하고 싶은 일이 생겼고

억지로 나가던 운동이
슬슬 재밌어지기 시작했다.

외로움도 잘 탔는데 전부 사라지고
혼자 지내는 시간이 즐겁기만 했다.

'맞아 내가 이런 사람이었지!' 하는 부분도
'아니 내가 이런 사람이었나?' 하는 부분도 있었다.

다시 꺼낸 내 옛 모습도
처음 발견한 내 새로운 모습도
너무 좋았다.

그러고 보니
덜컥 유럽으로 가겠다고 마음먹었던 것도
이 변화에서 시작하지 않았을까 싶다.

친구와 한 침대에서 몇 주가 지나도록
불편함 하나 없이 꿈도 안 꾸고
꿀잠만 쿨쿨 자는 내 모습을 보며

또 한 번 사랑의 힘을 느낀다.

내가 나를 사랑할 때
일어나는 변화는
작은 것부터 큰 것까지
끝도 없고 셀 수도 없나 보다.

유럽에 온 지
벌써 한 달이 넘어간다.

독일 국경을 막 넘어서
이탈리아 알프스산맥 가운데 있는
아기자기한 호텔에 막 도착했는데

오늘 밤도 역시 친구랑 같이 누워
수다를 떨다 곯아떨어져 잠이 들 것 같다. (ノ_ノ) ·+˚☾. ·

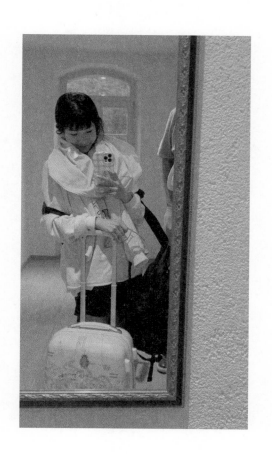

이탈리아 아가들의 밤 열두 시

엥, 저 꼬꼬마들 이 시간에
자기들끼리 돌아다녀도 괜찮나?

밤 열두 시가 다 된 시간에
배가 너무 고파서 바닷가 쪽에
열린 가게가 있을까 해서 가봤는데

사람이 낮보다 더 바글바글하다.
젤라토 가게도 활짝 열려 있고
조명이 알록달록 달린 레스토랑도
군데군데 꽉 차 있다.

밤새 마시며 놀 작정을 하고 나온
이십 대의 이탈리아 친구들이 거리에
돌아다니는 건 당연한 일이었지만

놀랐던 건 이십 대 친구들만큼이나
압도적으로 많았던

아가들이었다.

곧 새벽으로 넘어가는 시간인데
밖으로 산책을 나온 붕붕 유모차 속 갓난이들이나
단체로 아장아장 뛰어다니는 아가들의 모습은
아주 이상하고 어색했다.

늦게 자면 키 안 크니까
어릴 땐 일찍일찍 자야 하는 거야.

내가 어렸을 때부터 어딜 가나
귀가 아프도록 들었던 말인데.

여기선 아무도 그런 말을 안 하는 건가?

항상 아홉 시 언저리면 침대에 누워
아빠가 읽어주는 동화책에 귀 기울이다가 잠들었는데.
새벽까지 눈을 뜨고 있던 적은 거의 없는데.

근데 여기는 심지어 누가 봐도
초등학생 꼬꼬마들인데 자기들끼리
놀러 나와서 늦은 밤에 신나게 돌아다닌다.

에바한테 물어보니
이탈리아의 여름은 낮에 너무 더워서
오히려 그때는 낮잠을 자거나 쉰다고 한다.
가게들은 아예 브레이크타임으로 문을 닫는다.

해가 지고 선선해지는 저녁부터
본격적으로 돌아다니는 것이 일상이 되어
늦은 밤에 애들이 노는 모습도 자연스러운 일상이었다.

실제로 밤 열두 시의 날씨는
뽀송뽀송하고 선선해서 꼭 봄 같았다.

여덟 살인데 밤 열두 시에 매일매일
친구들이랑 술래잡기를 하며 보내는 여름이라니.

성장호르몬이 나오는 시간에
눈 뜨고 돌아다니는 여기 이탈리아 애기들은
나중에 커서 키가 움파룸파처럼 작다고 후회하려나.

주위를 둘러보았다.

흐음. 전혀 걱정할 필요가 없겠다.
지나가는 이탈리아 언니 오빠들은
다들 키만 훤칠하고 다리가 길기만 하다.

아홉 시 땡 하면 잤던 나보다
키 작은 사람 찾기가 정말 어려운 걸 보니

일찍 자는 어린이만 키가 큰다는 말은
사실이 아니었던 모양이다.

지구는 네모낳다가 동그래져도
일찍 자는 어린이가 키 큰다는 건
영원히 안 바뀌는 사실인 줄 알았는데.

이 세상에 무조건 믿어야 하는
절대적인 사실 같은 건 거의 없나 보다.

그러니 세상에 돌아다니는 이러쿵저러쿵을 믿느라
나를 제한할 필요 없다.

가장 좋다고 알려져서
가장 안전하다고 소문나서
가장 옳다고 모두가 믿어서
그래서 무조건 맞다고 생각했던 사실도

그저 많은 사람이 믿기 때문에
사실이 되었을 뿐일지도 모른다.

어쩌면 진짜가 아닐 숱한 믿음과 사실에
나를 가두고서 나중에 후회하지 말고
내가 가고 싶은 길을 쭉 가보자.

주변에서 그런 날 보고
저 미친놈이라며 걱정했는데
오히려 나는 미치도록 멋진 놈으로 성장할지도.

밤 열두 시에 실컷 돌아다니고
키만 훤칠한 언니 오빠들로 성장하는
이탈리아 쪼꼬미들처럼.

아, 그냥 유전인가?
(ㄱ-ˏ-ㄷ)

전 계단 오르는 공주 못해요

우리가 두 번째 묵은 숙소는
이탈리아 파노의 작은 성이었다.

옛날 성 모습을 그대로 살려서
방 안에 있는 장롱을 열면
코르셋이 걸려 있을 법한 분위기였다.

작긴 하지만 그래도 성이니까
나름 폼 나는 타이틀 하나쯤 있는
신분의 사람이 살던 성이 아닐까 했다.

나도 그럼 여기선 마을 공주 정도로
빙의해 오늘 우아한 하루를 보내야지!

기대하는 마음으로 발걸음도 사뿐히 하고
조심스레 성문을 끼익 열고 들어갔다.

세상에나.

캐리어를 들고 위를 올려다봤는데
올라가야 할 좁은 계단이 사각형으로
뱅글뱅글 뱅글뱅글 너무나 많다.

이건 내 상상 속 마을 공주
시나리오에는 없었다. 맙소사.

어떻게 캐리어를 들고
이 많은 계단을 올라가지?
등산할 준비라도 해야 하나.

여기 살던 옛날 사람들이 누구였는진 몰라도
혹시 구두 신고 코르셋을 입은 상태로
치맛자락을 들고 오르락내리락했다면

아무리 새침한 천생 공주라도

엘리베이터도 없이 여름에 이 계단을 오르다간

땀이 주룩주룩 뚝뚝뚝 떨어져서

우아함과는 거리가 멀었을 것 같은데.

아무래도 난 안 되겠다.

공주고 뭐고 귀족이고 뭐고

에어컨도 있어야 하고 엘리베이터도 있어야

숨쉴 수 있는 21세기 서민으로 살아야겠다.

계단은 오버지!!!

귀찮다고 3층에 있는 헬스장까지

엘리베이터를 타고 올라가서

운동해야 한다며 헬스장에 있는

가짜 계단 기구를 열심히 타는 지금 시대가

나한테는 딱 좋은 것 같다. (๑˃ᴗ˂๑)

내 인생은 영화인가 봐

어둑어둑한 밤하늘을 가득 채운 별과
이탈리아 야경이 다 내려다보이는
대리석으로 만들어진 오래된 수영장.

주변엔 큰 나무까지 둘러싸고 있어
너무나도 아름다운 수영장이었다.
심지어 아무도 없어서 고요했다.

평소 같으면 무조건 바로 뛰어들었겠지만
우리는 오랜 시간 차를 타서 피곤했고
배도 고프고 날씨도 쌀쌀해서
수영은 건너뛰려고 했다.

하지만 방에 들어와 짐을 풀다가
수영복이 나오자 에바와 나는
눈을 마주쳤다. 아, 이건 어쩔 수 없지!

그 자리에서 바로
수영복으로 갈아입었다.

와다다 뛰어서 긴 계단을 따라 내려와
밖으로 나와보니 날씨는 아까처럼 많이
쌀쌀하지도 않았고 물도 적당히 미지근했다.

풍덩!

지체할수록 춥다는 걸 알기에
우리는 동시에 과감하게
물속으로 몸을 던졌다.

머리까지 담갔다가 물 밖으로
올라와 눈을 뜨고 저 멀리 바라보니

뭔가 믿을 수가 없었다.

우와. 진짜 꿈만 같다.
내 인생은 영화인가 봐.

투명하고도 푸르스름한 하늘의 색깔도
크리스털빛으로 넘실거리는 물빛도
멀리 별처럼 반짝이는 이탈리아 야경도
옆에서 깔깔깔 하며 웃는 친구도

행복한 영화의 한 장면 같아 비현실적이었다.

근데 이건 영화가 아니라
지금 살아 있는 나의 인생,
지극히 현실적인 내 인생이었다.

뭐랄까,
어른이 되고 나서 내 인생이
진심으로 행복하고 좋았던 건

이 여행이 처음인 것 같아 기분이 조금 묘했다.

인생은 참고 참고 또 참고
그렇게 고되지만 견뎌내며
살아야 하는 것이라고 생각했는데

이미 태어나서 죽을 순 없으니
주변을 위해서라도 어쩔 수 없이
잘 살려고 평생 애써봐야겠다 했는데

행복해서 더 살고 싶고
살 수 있어 너무 행복한
영화 같은 인생이 가능했다니.

갖고 싶은 물건 아직 다 가지지 못했고
보고 싶은 사람 아직 다 보지 못했고
부족한 것투성이라 엉망진창이지만
그래도 내 인생은 살 만하다는 걸

나뭇잎 둥둥 떠다니고
달빛이 은은히 비치는 물속에서
풍경과는 어울리지 않는 웃긴 개구리 수영으로
첨벙거리며 스쳐 지나가듯 생각했다.

이다음에 또 엉엉 우는 날도 오고
또 모든 걸 팽개치고 싶은 날도 오겠지만

영화 같은 행복한 날도 또 올 테니까
언제 다시 올지 모르는 그날을 위해
끝까지 한번 살아봐야겠다.

그럴 만한 가치가 있는 것 같다.

이 얘기를 해주려고 나에게
대책 없는 마음의 소리를 들려준 걸까?

마음의 소리를 따라 티켓을 끊어

여기까지 날아온 나에게 박수를 쳐주고 싶다.

그 소리를 따라오길 참 잘했다. ✧｡٩(´ʊ`)و✧*｡

상상 밖의 상상을 꿈꾸기

저 노란 집이 내가 이십 대 때
한동안 살았던 곳이란다.

아무리 두 눈을 크게 뜨고 봐도
현실 세계 같지 않은 강가 앞의
데이지색 작은 이층집을 가리키며
친구 엄마가 우리에게 얘기해 주셨다.

긴긴 여정에 잠깐 점심을 먹으러
멈춘 이곳은 내가 태어나서 본 가장 아름다운
그림보다 더 그림 같은 항구 마을이었다.

깊은 바닥까지 전부 다 보이는 투명한
크리스털빛 물결 위에는 하얀 배들 사이로 백조가 다니고

낮은 집들 사이로 시원하게 보이는 산과 구름을 보며
어쩌면 여기가 천국이 아닐까 하는 생각이 들었다.

아, 내가 꿈꾸는 세상은
얼마나 작았던가.

나의 상상력은 너무 좁았나 보다.

이런 그림 같은 곳에서 진짜로 살 수 있다는 건
아예 상상조차 해본 적이 없었다.

그런데 여기서 다른 누구도 아니고 실제로
내 친구의 엄마가 우리 나이 때 살았다지 않나.
어떤 재벌의 삶이 아니다. 얼마나 현실적이고 가까운 인물인가.

최고의 대박 인생 시나리오를 맘껏 상상해 보라고 해도
겨우 로또 1등을 맞아 최고급 집을 사고
타고 싶은 차를 타며 한우를 맨날 구워 먹는 정도였다.
어떻게 보면 참 소박하고 진부한 상상이다.

진실로 우리가 마음 깊이 원하는 삶은
우리의 상상력 밖에서 찾아야 할지도 모르겠다.
그리고 그건 그렇게 어려운 일이 아닐 수도 있다.

존재하는지도 몰랐던 이렇게 아름다운 마을에서
평범한 누군가 살았다면 나도 충분히 그럴 수 있지 않을까.

어쩌면 세상에는 내가 상상하는 모든 것이 어딘가 존재하고
소원으로만 빌어본 말도 안 되는 일이 어딘가에선 가능할지도
모른다.

차마 내가 상상할 수 있는 범위를 훌쩍 뛰어넘는
멋진 일과 할 수 있는 일이 넘치게 존재하는데
작은 나의 세상이, 나를 작은 삶에 가두고 있었던 것 같다.

인간에게
상상하는 능력이 왜 특별하고
꿈꾸는 능력이 왜 소중한지
이제야 알겠다.

허황된 능력이라고 생각하며 살았는데
전혀 아니었다. 무엇보다도 현실적인 것이었다.

우리를 가둔 작은 상자에서 탈출하게 해주는
신이 내려준 황금 망치 같은 것이었다.

내 삶의 안경으로는 볼 수 없어도
내 상상의 눈으로는 볼 수 있는
가능성의 세계를 만나게 된다.

무궁무진한 내 삶의 가능성.
수억 가지의 갈래길이 보인다.

그럼 이제
어디 한번 골라볼까?

가장 비싸고 좋은 걸로. (੭ˊ ꒳ˋ)੭

젤라토 하늘에 새 개씩 먹는 꿈도 이루고 있었어.

◇

7장

온 우주가
너를 도와줄 거야

: Italy

올리브밭 한가운데 떠오른 얼굴

여기에 오려고 장장
이틀을 달려왔구나.

마을과도 동떨어져 있고
주변에는 올리브나무 밭뿐이라
지구를 떠나 다른 세상에 온 느낌이다.

친구가 애기였을 때부터 매년 여름마다 오는 곳이라며
귀에 피가 나도록 너무 좋다고 나한테 자랑했었다.
몇 년 전부터 같이 가자고 날 꼬셨는데
진짜로 같이 오게 될 줄은 몰랐다.

이곳을 운영하는 부부는
직접 올리브밭과 작물을 기르고
여기서 수확한 재료로 음식을 만든다.
한번 고용한 직원은 자르지 않아
대부분 평생 다닌다고 했다.

그래서 그런지 저녁 식사를 하러 갔더니
웨이터분들이 에바를 알아보고 인사하신다.
제일 좋아하는 주스까지 기억하시고 가져다주신다.

벽돌로 둘러싸인 성 안에
프라이빗한 야외 마당이 있는데
테이블 위에 하얀색 천을 깔아
레스토랑이 되어 있었다.

저녁은 이곳의 스페셜 코스 요리였다.
메뉴를 추천해 주셔서 그대로 시도해 봤다.

애피타이저로 라자냐 세 조각이 등장하고
메인으로는 소고기 스테이크가 앞에 놓였다.
마지막 디저트로 얇은 쿠키 사이에 바른
아이스크림까지 크게 한 입 앙 떠먹었다.

호화스러운 하루다.
더할 나위 없다.

내 한 몸 배부르고 행복하면
아무런 생각이 안 날 줄 알았는데
문득 얼굴들이 떠오른다.

이거 먹어보면 분명 너무 맛있다고 했겠지.
여기 같이 있으면 엄청 좋았겠지.

사랑하는 사람들의 얼굴이 하나둘
머릿속을 스쳐 지나간다.

너무 좋은 걸 보고 너무 맛있는 걸 먹으니
보고 싶은 사람이 생긴다.

여행은 새로운 것에 눈을 뜨게도 하지만
이미 가진 것에도 눈을 뜨게 하나 보다.

당연하게 생각했던 집이나 보고 싶은 사람들이
새삼 얼마나 소중한지 깨닫는다.

언젠가 내가 사랑하는 사람들을
다 데리고 이런 곳에 올 수 있는
능력이 생겼으면 좋겠다.

오늘은 모두는 아니지만
그 사랑하는 사람 중 한 명인
내 친구가 여기에 함께 있어서 행복하다. ★❀🍵✿˚*:

진짜 너는 무얼 하고 싶니

오늘은 뭘 해볼까나.
하고 싶은 게 뭐니?

이 질문을 스스로에게 진심으로
해본 적이 언제였는지도 모르겠다.

자유 시간이 있더라도
꼭 시험을 앞둔 주말처럼
불편하게 보내기 일쑤였다.

이 시간에 조금이라도 일을 미리 해놓아야지.
자기 계발을 위해서 이거 이거를 해야지.
이미 잡아둔 약속에 나가야지.

하고 싶은 일이 뭐냐고 묻는다고 해도
언제나 대답은 하고 싶은 게 아니라
내심 해야 할 것으로만 답했다.

하고 싶어서 한다는 일들도
속마음을 파헤쳐 보면 왠지 해야 할 것 같아서 하고 있었다.

책을 읽고 싶어서 읽은 게 아니라
읽어야 할 거 같아 읽었다거나
사람 만나기를 좋아해서 약속을 잡은 게 아니라
사람도 좀 만나고 해야 할 거 같아 잡았다거나.

계획을 꼼꼼하게 세워야지만
보람 있는 하루를 보낼 것 같고
바쁘고 보람 있게 살아야지만 잘 산 것 같다.

근데 여기에 오니까
주변엔 아무것도 없고
수영장과 올리브나무뿐이다.

무엇을 할지 계획을 세울 필요조차 없다.
어차피 할 일이라고는 수영 말고는 누워 있기뿐이니까.

바쁨과는 거리가 너무 멀다.
노랫소리조차 들리지 않는 한적함이다.

덕분에 진짜로 물어볼 수 있었다,
오늘 너가 하고 싶은 건 뭐니?

보람차기 위해서 하고 싶은 거 말고
잘 살았다는 만족을 위해 하고 싶은 거 말고
한심해도 괜찮고 한량 같아도 괜찮으니
뭐든 내 마음이 하고 싶다고 말하는 건 무엇인지.

내 인생 사는데
내가 하고 싶은 거 한번
물어볼 여유도 없이 살았다니.

새삼 얼마나 나 스스로조차
나를 대우해 주지 않으며 살았는지
확 체감이 되었다.

왜 바빠야 보람차다고 믿었는지
왜 다른 사람을 위한 일을 끝내기 위해
매일매일 그리 날 채찍질해 왔는지.

작은 하루조차
진짜로 하고 싶은 걸 하지 못한 건
먹고살기 바쁜 현실 탓도 있겠지만
뭘 하고 싶은지 내게 물을 생각조차 못한 내 탓이 제일 크다.

스스로를 너무 몰아세운다 싶은 날에는
이 아무것도 없는 올리브나무 아래 수영장을 상상하며
무엇을 하고 싶은지 다정하게 물어봐야겠다.

그러면 세상의 잡음에 변조된 목소리가 아니라
진짜 내 마음의 오리지널 소리에 더 귀 기울일 수 있을 테니.

어, 근데 그 목소리가 말하네?
돈 많은 백수로 여기 그냥 평생 누워 있고 싶다고.

난감하네. (˙ - ˙)

당당 세라믹 메탈리터나무를 지니고 있다 ♯♯

타랄리 같은 친구로 남을게

가운데 구멍이 뻥 뚫렸고
살짝 노르스름한 과자다.

본격적인 저녁 식사를 하기 전에
나무로 둘러싸인 정원에 있는 소파에 둘러앉아
다같이 와인을 시켜 한 잔씩 홀짝이는데
웨이터분이 그 과자를 작은 그릇에 담아 같이 주셨다.

이탈리아 남부에서 즐겨 먹는 전통 과자 '타랄리'인데
이 호텔에서 직접 만든 홈메이드라 더 맛있다며
친구 엄마가 하나 건네주시며 얼른 먹어보라고 하셨다.

무슨 맛일지 추측해 보았다.

흠, 아마도 달달한 버터링 맛일 것 같다.
엄청 맛있다고 하니까 부드럽고 고급진 맛도 나지 않을까.

한 입 앙 물었다.

다들 리액션을 보려고 나만 쳐다보고 있었다.
한 번 두 번 입안에 넣고 씹는데 푸석푸석한 듯 목이 멘다.
달달함은 전혀 없고 밋밋한 맛이 진하게 올라왔다.

뭐라 말하기 어렵지만 굳이 설명하자면
생밀가루 반죽을 아무것도 안 하고 그냥 구워버린 맛이랄까.
잔뜩 기대를 하고 먹었는데 예상치 못한 맛없음에 당황했다.

단맛도 짠맛도 매운맛도 없는데
씹을 때 향이 좋다거나 엄청나게 고소하다거나 하는
맛있는 구석을 찾아볼 수도 없었다.
혀에 아무런 자극이 없는 지루한 과자였다.

하지만 일단 입에 씨익 미소를 장착하고
"역시 듣던 대로 맛있네요!"라고 말했다.
기대하는 어른들의 눈빛에 차마 별로라고 말할 수가 없었다.

앞으론 영원히 안 먹을 거라고 확신했다.
근데 내 스타일이 전혀 아닌 이 타랄리 과자는
어딜 가서 뭘 먹어도 항상 애피타이저로 나오고
손 닿는 위치에 한 줌씩 담겨 있었다.

입이 심심하거나 출출해질 때면
그냥 앞에 있으니까 하나씩 집어 먹기 시작했다.
여전히 맛있는지 모르겠다고 생각하면서.

그렇게 하나둘 계속 먹다가
며칠이 지났는데,

이 과자를 찾고 있는 나를 발견했다.

슈퍼에서 다른 맛있는 과자랑 초콜릿을 사 왔는데도
짜고 달달하고 자극적인 과자들을 눈앞에 떡하니 두고서
맛없는 밀가루 구이 타랄리만 찾고 있다.

언젠가부터 씹을수록 찐하게 고소한 맛이 느껴졌다.
신기하게 약간 짭짤한 소금 맛도 나고 달기도 한 것이
묘하게 중독적이고 자꾸만 생각난다.

하루에 몇 번씩 고소한 타랄리 맛이 떠오르면
입안에 군침이 싹 돌면서 타랄리가 있는 다른 건물까지
귀찮은지도 모르고 한걸음에 달려가 사다 먹었다.

그렇게 좋아하던 새빨간 가루 범벅의 나초도
아몬드가 씹히는 목구멍까지 진한 허쉬 초콜릿도
다 쳐다보지도 않고 오로지 밍밍한 타랄리만 찾는다.

그렇게 타랄리는 천천히 그리고 조용히
내 최애 과자로 자리를 잡았다.

타랄리 같은 사람이 되고 싶다.

알록달록하고 자극적이고
온갖 화려함을 뿜어내 확 사로잡는 사람보다
타랄리처럼 밍밍하고 조용하게 스며드는 사람.

혹시 처음엔 세상의 눈길을 끌지 못하더라도
그래도 여전히 그 밋밋한 고소함을 버리지 않고
담백한 길을 꿋꿋하게 걸어가는 사람.

그렇게 오래 보고 오래 듣다 보니
언젠가부터 귀 기울이게 되고 생각이 나고
함께할 수 있다면 먼 길이라도 만나러 가고 싶은
그런 사람이 되어 누군가의 옆에 존재하고 싶다.

내가 글을 쓰는 이유는
타랄리 같은 사람이 되고 싶어서일지도 모르겠다.

때로 지루하고 밋밋해 보여도

여전히 담백한 진심을 담은 마음은

돌고 돌아서 결국 전달되니까.

˚₊· ͟͟͞͞ɛ৲ ♡ ৴ɜ ·₊˚

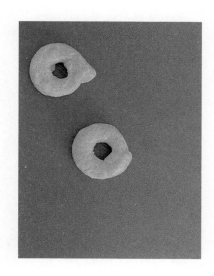

비키니 입은 날 사랑해

내 몸을 사랑하게 되었다.

비키니를 입은 내 모습까지
사랑하게 될 줄 몰랐다.

사실 일상복을 입은 모습은
꽤나 만족하고 예쁘다고 생각했지만
비키니를 입기에는 통통한 몸매라고 생각했다.
그래서 비키니를 입기가 부끄러웠다.

뱃살을 보며 한숨이 푹 나오고
다리 두께를 보며 고개를 젓고

늘어진 팔뚝을 보며 눈을 감은 적이
셀 수도 없이 많았지만, 이제는 아니다.

좋아하는 사람이 생겼기 때문이다.

정말 좋아하는 남자가 생기면
오로지 그 사람의 말만 중요하다.

그 남자가 나를 보며 제일 예쁘다고 하면
이 세상 다른 모든 남자가 날 별로라고 말해도
아무 상관 없고 심지어 행복하기만 하다.

내가 좋아하는 남자 눈에 제일 예쁘다면
난 세상에서 제일 예쁜 사람으로 살게 된다.

천 명의 다른 사람들이 와서 아무리 날 깎아내려도
그의 한마디만 있으면 전혀 타격이 없다.
나는 그의 말대로 세상에서 제일 예쁜 사람이다.

근데 그 남자보다
더 중요한 사람이 있다.

바로 나다.

훨씬 더 사랑하고
훨씬 더 소중한 단 한 명.

내가 정말 좋아하는 사람은
어떤 남자가 아니라 나였다.

그러니 내가 나를 예쁘다고 하면
세상 모든 사람이 뭐라 해도
난 예쁜 사람으로 남았다.

심지어 내가 좋아하는 남자까지
뭐라고 한다 해도 난 예쁜 사람으로 남는다.

너무 뚱뚱해

너무 말랐어

너무 눈이 커

너무 눈이 작아

남들은 계속 그렇게 말하더라도

나는 나에게 이렇게 말한다.

너무 예뻐

너무 귀여워

너무 아름다워

너무 사랑스러워

나한테 제일 중요하고

내가 제일 사랑하는 내가

그렇게 말하니까 누가 뭐래도 나는

세상에서 제일 사랑스러운 사람으로 살게 된다.

세상에서 내가 가장 사랑하는 사람이
내가 되고,

세상에서 나를 가장 사랑해 주는 사람이
내가 되면,

다른 사람의 말에 흔들리지 않게 되고
다른 사람의 시선에 연연하지 않게 된다.
내가 나를 어떻게 생각하는지가 제일 중요해진다.

날씬하기 때문에 예쁜 것도 아니고
얼굴이 작아서 예쁜 것도 아니다.
무슨 조건이 앞에 자꾸 붙지 않고
그냥 나라서 예쁘다. 존재해서 예쁘다.

스스로를 사랑하면서

비키니를 입은 내 모습뿐 아니라
거울 앞에 다 벗은 내 모습까지도

샅샅이 다 아름다워졌다.

겨드랑이의 털도 허벅지의 튼살도
내 눈에는 정말 예쁘기만 하다.

이 예쁜 몸에 비키니를 입히고
수영을 하는 기분은,

째진다. (❀'‿'„)♡

긁혀버린 차 문짝은 잊고

친구네 부모님 차인
테슬라 옆면을 좌악 긁었다.

살짝 긁었다고 하기엔
꽤나 시커멓게 파여 있었다.

친구랑 나랑 우리 둘이서
삼십 분쯤 떨어진 곳에 있는 바닷가에
부모님 차를 빌려 운전해서 왔다.

수영장에서만 놀다 보니 오랜만에
짭짤한 바다가 그리워졌다.

도착해서 주차하다가 철봉에
끼이익 하는 소리가 들려서 내려 보니
새하얀 차 문에는 이미 시커멓게
찌이익 파인 자국이 길게 나 있었다.

우리는 패닉에 빠졌다.
내 심장은 철렁 떨어졌고
친구의 눈에는 눈물이 찼다.

물론 부모님 차이긴 하지만
그래도 걱정이 가득이었다.

사고를 일으켰으니
바로 다시 숙소로 돌아가야 하나
잠시 심각하게 고민했다.

안 가기로 했다.

이미 벌어진 일.
차는 이미 긁혔고
달라질 건 없고.

어차피 차 수리는 해야 하고
혼난다면 어쨌든 혼날 테니까.

바다에서 놀지도 않고 일찍 들어가
숙소 구석에서 반성하며 슬퍼한다고 해도
변하는 건 아무것도 없다.

일단 바다에 도착했으니까
모든 문제를 잊고 놀자!!!!!

우리는 아주 우아하게
파라솔 밑에 비치타월도 깔고
음료수도 사서 한 입 쪽 빨면서
바다에 입장할 준비를 했다.

와다다다다다
첨벙!

파도에 몸을 던졌다.

테슬라의 흉터 따위 애초에
존재한 적도 없는 것처럼
물장구를 치며 신나게 놀았다.

원래는 오늘 하루 중에
테슬라를 긁은 이후부터
잠드는 밤 열두 시까지
거의 열 시간을 맘고생 해야 했는데

바다에서 논다고 네 시간
와인 쇼핑한다고 두 시간
드라이브한다고 한 시간.

그때만큼은 문제를 잊고
나 몰라라 놀았더니 오늘
겨우 세 시간만 맘고생을 했다.

그 세 시간마저도 부모님께서
걱정할 필요 없고 원래
실수하며 배우는 거라며
혼내지도 않으셔서

우리가 고백 전화를 드리고
집에 들어가는 동안 한 시간쯤
긴장하던 게 맘고생의 전부였다.

모든 문제를 정면 돌파해서
다 풀 수 있다면 너무 좋겠지만

때로는 붙잡고 끙끙 앓아봐야
아무것도 달라지지 않는 문제도 있다.

올 것아 오라!

그럴 땐 이렇게 외치고서
어른스럽게 문제를 팽개치자.

그리고 현재의 나는
즐거울 기회를 놓치지 말고
눈앞에 있는 모든 행복을 다 누린다.

쓸데없는 미래 걱정에 괜히
현재의 행복할 기회를 날리지 않기 위해.

언뜻 도망치는 것처럼 보일 수도 있겠지만
난 오히려 담담하게 받아들이는 자세라고 말한다.

괜히 피하려고 머리 굴리다 머리털만 빠지니까
차라리 머리도 맘도 편하게 놀다가
올 게 오면 그 순간 겪고 말지.

그렇게 걱정을 덜 하며
닥치는 문제를 최선을 다해 겪어내다 보면
생각했던 것보다 이 문제가
별거 아닐 때가 더 많았다.

긁힌 테슬라를 보시더니
혼내기는커녕 다친 데는 없는지 묻고
겨우 그거 가지고 왜 울었냐고
허허허 웃으시던 친구 부모님처럼.

걱정하느라 바다에서 놀지도 못하고
쇼핑도 못 하고 드라이브도 못 했으면
정말 억울할 뻔하지 않았나?

인생을 억울하게 살 순 없지! -,`★ ,´-

친구랑 반반 섞어 나눠 가진 바다

445

이탈리아 바다에서
첨벙첨벙 수영도 하고
맨몸으로 파도도 실컷 타다가

파라솔에 드디어 몸을 뉘였다.
나는 왼쪽 파라솔에
에바는 오른쪽 파라솔에.

이제 여유롭게 쉬면서
집에 갈 때까지 누워서
책도 보며 쉬다 가자!

에바의 말에 알겠다고는 했지만
당연히 장난인 줄 알았다.
곧 다시 바다로 놀러 나가겠지.

말없이 바닷바람을 맞으며
쉬는데 한 오 분쯤 지났을까.
벌써 너무 심심했다.

옆을 보니 에바가 진짜로
종이책을 펼쳐 읽고 있는 게 아닌가.

진짜로 여기서 책만 읽냐고 물으니까
의아한 얼굴로 당연하다고 대답한다.

바다에 와서 가만히 누워 있는다는 건
상상해 본 적도 없는 나는
꽤나 많이 당황했다.

가족들과 바다나 강가에 놀러 가면
동생이랑 거의 싸움 나기 직전까지
물장구를 치며 놀다 지쳐 나와서

가쁜 숨이 점점 가라앉을 때쯤
눈빛을 교환하고 다시 뛰어 들어갔다.
그러다 배가 너무 고파지면 물 밖으로 나와서
밥을 먹고 또다시 바다로 뛰어 들어갔다.

한 명이 너무 힘들다 이제 그만 쉬자
라고 얘기하면 다른 한 명이 같이 놀자고
졸라서 결국 같이 바다로 들어가고.

바다란 나에게
그걸 무한 반복하며 노는 곳이었다.

그런데 겨우 삼십 분 놀고
집에 갈 때까지 누워서
가만히 책만 보고 있는다니.

옆에서 나도 조용히 책을 보며 있어보려고 했다.
폰까지 꺼내서 도파민으로 버텨보려 했지만
도저히 심심해서 견딜 수가 없었다.
뭘 보더라도 같이 봐야 할 거 같다.

에바에게 나는 이렇게는
근질거려서 십 분도 못 버틴다고
어떻게 너는 가능하냐고 물었더니

자기는 늦둥이로 태어나
언니나 동생이 없어서 이런 곳에
놀러와도 같이 놀 사람은 엄마 아빠뿐이었고

그래서 잠깐 놀다가
물 밖으로 나와서 엄마 아빠랑
함께 조용히 책을 읽으며
혼자서 노는 게 익숙하다고 했다.

바다란 내 친구에게는
그런 여유로움을 즐기는 곳이었다.

바다는 모두에게 비슷한 곳일 줄 알았는데
외동인 내 친구와 자매인 나에게는
다른 장소로 존재하고 있었다.

이탈리아 바다에서
우리는 타협했다.

먼저 친구가 조용히 책 읽는 바다 시간
이십 분을 가질 수 있게 기다리고

그 이후에는 같이 지칠 때까지 노는
수영 바다 시간을 가지기로 말이다.

우리는 여기서 외동의 바다 반
자매의 바다 반을 나눠 가졌다.

같은 바다도 이렇게 다를 수 있다는 걸
외동의 삶이 이렇게 다를 수 있다는 걸
처음 알게 해준 이탈리아의 바다.

그리고 우리가 서로 다른 걸 반반 섞어 가질 때
얼마나 더 재밌는지도 알게 해준 바다다.
ᕦ(•ᴗ•)ᕤ

우리들의 바다는 그만큼 더 넓어진 거야 ♡

ﾞﾞ*ﾞ: ONE WEEK IN ITALY ﾞ:*ﾞﾞ

인생 트러플 파스타

너무 순해서 한참 쓰다듬은 동네 멍멍이 ☺

아마 이제 열한 번째 젤라토인가 ★!

행운이 널 기다리고 있어 ◆

내 취향저격 화이트 와인을 발견. 짠 ☺

커피 잘 몰라도 멋있어보이니까 시키기 ✧

기대하지 않았던 인생

여행은 특별하기에

그리고 특별해야 하기에

우리는 여행조차도 열심히 한다.

돈이 많이 들고 소중한 시간을 뺀 만큼

기대를 많이 하고 준비도 많이 한다.

그런데 나의 이번 유럽 여행은

너무 대단한 여행을 기대하지 않았다.

너무 멋진 추억도 사진도 남기려고 하지 않았다.

너무 다양한 사람을 만나려고 애쓰지도 않았다.

뭔가를 할 때면
"어차피 숙소에 가만히 있을 텐데 해보지 뭐"라고 말하며
무엇이든 가벼운 마음으로 경험하러 나갔다.

그저 흘러가는 대로
그저 발길 닿는 대로.
내 의지보다는 우주에 맡겼다.

기대하지 않으니까,
기대 이상의 일들이 매일 있을 수밖에 없었다.

날씨가 좋기를 기대하지 않아서
해가 뜨면 그저 운이 좋다고 느껴져 행복했고
시커먼 하늘에서 비가 쏟아져도
원래 숙소에서 쉬기만 할 거였으니 안락하기만 했다.

우연히 들어가 시킨 음식이
너무 맛있으면 어쩜 이렇게 행운일까 좋아했고
맛이 없어도 실패했단 생각 없이 디저트 먹어야지 하고 넘겼다.

하루에 그 어느 것도 성공이나 실패로 나누지 않고
넘실넘실 일렁이는 물결처럼 여러 경험이 흘러가는
여행의 연속으로 대한다.

이런 여행을 하면서
오히려 열심히 계획했던 그 어떤 여행보다 행복해서
왜 나는 그동안 내 인생을 이 여행처럼 대하지 않았을까
하는 생각이 들었다.

내 목표와 내 인생에 너무 큰 기대를 걸고
모든 걸 내 뜻대로 이루려고 아등바등하느라
매일매일 주어진 하루를 성공과 실패로 나누기만 하지 않았나.

특별해지려고 할수록 실패가 눈에 더욱 크게 들어오는 여행처럼
특별한 인생을 만들려고 할수록 실패만 눈에 더 크게 들어온다.

기대가 없는 여행에 찾아온 좋은 시간은 뜻밖의 감사함이 되고
기대가 가득한 여행에 찾아온 좋은 시간은 당연함이 되듯이

인생에 대한 기대치가 높아질수록
소중한 시간의 소중함을 모르게 된다.

오늘 하루를 무언갈 이뤄내야 하는 하루가 아니라,
원래는 없었어야 할 하루였고 그래서
기대 따위는 존재하지도 않는데

이런저런 경험을 보너스처럼 하게 되는 하루로 바라보자.

그럴 때,
딱히 특별하거나 행복하려고 하지도 않았던 내 인생이
걷잡을 수 없이 반짝이고 행복해져서
어쩔 수 없이 웃으며 살게 될 테니까.

하하하하하하하하하하하하하하하하하
이렇게! (>▱<)՛՛

꿈같은 33일을 보내고
돌아가는 비행기에 올라탔다.
삶의 방식이 영원히 바뀐 채로.

+ + · ˚ + ° ♡ ° + · + +

온 우주가 널 도와줄 거야

♡

세상과 싸워 이기려고만 했다.

역경을 이겨내고
고난을 이겨내고
불합리를 싸워내고.

원하는 삶을 얻으려면
가끔씩이라도 행복하려면
험난한 세상과 맞서 싸워야 한다고 생각했다.

그런데 난 헛싸움을 하고 있었다.

애초에 세상은 싸울 대상이 아니었다.
인생은 날 고생시키기 위해 주어진 것이 아니었다.

세상은 마치
험상궂은 외모를 가진
마음이 착한 괴물 같았다.

나를 지켜주고
나에게 가장 좋은 것을 주려고 하는
나를 사랑하는 힘센 괴물 말이다.

괴물의 험한 인상을 보고
일단 냅다 달려든 나 때문에
우리는 싸우기만 하고 만신창이가 되었다.

그런데 싸움을 멈추고
괴물의 얘기를 가만히 들어보니
그는 나를 도와주고 싶어 했다.

이번 여행을 통해서

나는 이 괴물의 착한 면모를 본 것 같다.

누구는 이 괴물을 신이라 부르고

누구는 이 괴물을 우주라 부르고

누구는 이 괴물을 삶의 법칙이라 부르고

그 이름은 너무나 다양하지만

결국 하나로 부른다면

아마도 '사랑'이지 않을까.

그 사랑의 힘을 믿고서

착한 괴물과 싸우기보다는

그의 어깨에 올라타서 인생이 펼쳐지는 모습을 구경해 보자.

소원을 이루려 애쓰지 않아도 된다.

그가 소원을 가져다주는 걸 그저 구경하면 된다.

골칫거리를 해결하려 노력하지 않아도 된다.
그가 마법처럼 모두 풀어내는 걸 그저 구경하면 된다.

갈림길에서 어디로 가야 하는지 두려워하지 않아도 된다.
그가 어떤 길이든 나를 위해 황금길로 바꾸는 걸 그저 구경하면
된다.

천천히 구경하다 보면 알게 된다.
세상의 모든 고난도 나를 사랑에 가깝게 만들기 위한 것이고
세상의 모든 기쁨도 나를 사랑에 가깝게 만들기 위한 것이구나.

그 어떤 것도 나를 해하기 위한 게 아니구나.
모든 일은 나를 사랑하고 아끼기에 일어나는구나.

내 여행은 그 맛보기였다.

뭔가를 해보려고 애를 쓰고
쉴 때조차 부단히 애쓰던 내가
모든 걸 놓아버리고 물결따라 밀려가듯

저항 없이 흘러가 봤더니

생각지도 못했던 지름길, 게다가 예쁜 길로 접어든 것이다.

좋은 곳보다 더 좋은 곳을 가게 되었고

만나려고 한 적 없는 너무 멋진 사람들을 만나게 되었다.

나만을 위한 여행이 분명 미리 계획되어 있었음을 느꼈다.

마음먹고 떠나기 전에

제일 걱정했던 가장 현실적인 몇몇 문제까지도

가장 비현실적이고 마법 같은 방법으로 혼자 알아서 풀렸다.

멀리 와버려서 어쩔 수 없이 손을 떼고 나 몰라라 했더니 말이다.

인생이 바뀐 것 같다.

홀로 부단히 외롭게 살아온 인생에

마침내 어딘가 기댈 곳이 생긴 기분이다.

온 세상이 나를 사랑하고

온 우주가 나를 너무나도 사랑한다.

더 이상 싸우지 않으려고 한다.

나를 사랑해 주는 세상에 기대며 살 것이다.

온 우주가 나를 도와줄 거야.

그리고,

온 우주가 너를 도와줄 거야.

정말 온 우주가.

하늘에 떠 있는 별 하나까지 모두가.

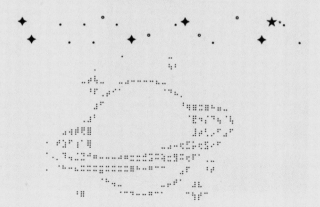

SO JUST SMILE MY LOVE ‛◡̈

To. 방금 이 책을 다 읽은 너에게

알로오오오 ㅆㅣㅐㅣ코예요ㅎㅎ 이렇게 책을 통해 우리의 인연이
닿아서 너무 영광이고 감사하네요ㅎㅎㅎ 꿈과 용기가 참 허상처럼
비현실적이고 바보 같은 얘기라고 생각하면서 오랫동안 살았는데
아직 젊은 인생이지만 겪으면 겪을수록 인생은 현실 속에서 우리가
마음을 쫓아가며 사는 용기를 배우는 배움의 터이더라구요.
두려운 것도 당연하고 의심이 드는 것도 당연하죠. 힘든 일이
있는 것도 당연하고 눈물 쏟는 날이 있는 것도 당연하구요.
너무 힘든 날에는 맘껏 울고 그걸 핑계로 푹 쉬기도 하다가
힘이 나는 날에는 한 걸음 내디뎌보며 성장을 향해서 조금씩
나아가고 그렇게 조금 더 행복할 줄 아는 사람으로
거듭나는 거죠. 첫 번째 책을 내고 제 마음을 돌아보는
시간을 많이 가졌는데, 그 시간을 통해 저는 이런 용기와
행복이 진짜 가능하다는 걸 처음 알게 되었어요. 삶이
더 이상 내가 언제나 완벽하게 준비되어 있어야 하는
전쟁터가 아니라 이것도 해보고 저것도 해보고 실패도 해보고
성공도 해보며 마음껏 다양하게 시도해 보는 놀이터가 되더라구요.

다음장♥

그때 오히려 많은 행운이 나타나 저를 도와주겠어요.
그래서 이 놀이터에서 느낄 수 있는 행복과 사랑과 용기를
여러분께 꼭 전해주고 싶었어요. 너무 심각하게 살지 않아도
되고 완벽하지 않아도 괜찮아요. 세상에서 가장 중요한 건
당신의 행복과 마음이에요. 마음에 사랑을 품고 하루하루
살아가다 보면 행복을 찾을 수 있을 거예요. 나의 적이라고
생각했던 세상을 사랑으로 보면 세상도 당신에게 사랑을
돌려줄 거예요. 어려운 일이 있더라도 포기하지 말고
힘든 일이 있더라도 마음속 사랑을 지켜내면서 당신의 행복을
지켜나가기를 진심으로 바랄게요. 용기를 가져요!!! ☆☆❀
얼굴은 붙이지 않아도 제 마음이 당신에게 전해졌을 거라고 믿어요.
제가 여기서 항상 응원하고 있을게요 :) 당신은 끝내주게
행복하게 살 거예요!!! ㅎㅎㅎ 알러뷰우우우우우 ♡

너의 친구
- 미미콩가

행운은

무조건 네 꺼야♡

우주의 작은 별 하나까지
널 도와줄 거야

초판 1쇄 인쇄 2024년 5월 21일
초판 1쇄 발행 2024년 5월 29일

지은이 씨씨코
펴낸이 김선식

부사장 김은영
콘텐츠사업2본부장 박현미
책임편집 최현지 **디자인** 마가림 **책임마케터** 문서희
콘텐츠사업5팀장 김현아 **콘텐츠사업5팀** 마가림, 남궁은, 최현지, 여소연
마케팅본부장 권장규 **마케팅1팀** 최혜령, 오서영, 문서희 **채널1팀** 박태준
미디어홍보본부장 정명찬 **브랜드관리팀** 안지혜, 오수미, 김은지, 이소영
뉴미디어팀 김민정, 이지은, 홍수경, 서가을
크리에이티브팀 임유나, 박지수, 변승주, 김화정, 장세진, 박장미, 박주현
지식교양팀 이수인, 염아라, 석찬미, 김혜원, 백지은
편집관리팀 조세현, 김호주, 백설희 **저작권팀** 한승빈, 이슬, 윤제희
재무관리팀 하미선, 윤이경, 김재경, 이보람, 임혜정
인사총무팀 강미숙, 지석배, 김혜진, 황종원
제작관리팀 이소현, 김소영, 김진경, 최완규, 이지우, 박예찬
물류관리팀 김형기, 김선민, 주정훈, 김선진, 한유현, 전태연, 양문현, 이민운

펴낸곳 다산북스 **출판등록** 2005년 12월 23일 제313-2005-00277호
주소 경기도 파주시 회동길 490 다산북스 파주사옥
전화 02-704-1724 **팩스** 02-703-2219 **이메일** dasanbooks@dasanbooks.com
홈페이지 www.dasan.group **블로그** blog.naver.com/dasan_books
용지 아이피피 **인쇄** 북토리 **코팅·후가공** 제이오엘앤피 **제본** 다온바인텍

ISBN 979-11-306-7007-2 (03810)

다산북스(DASANBOOKS)는 독자 여러분의 책에 관한 아이디어와 원고 투고를 기쁜 마음으로 기다리고 있습니다.
책 출간을 원하는 아이디어가 있으신 분은 다산북스 홈페이지 '투고원고'란으로 간단한 개요와 취지, 연락처 등을
보내주세요. 머뭇거리지 말고 문을 두드리세요.